中國古典文學基本叢書

中州集校注

第六册

〔金〕元好問　編

張　靜　校注

中華書局

中州庚集第七

蘭泉先生張建 二十三首

建字吉甫，蒲城人〔一〕。明昌初舉才行，授絳州教官〔二〕。召爲宫教〔三〕，應奉翰林文字。以老乞身，道陵愛其淳素〔四〕，不欲令去左右，眷眷久之。超同知華州防禦使事〔五〕，仍賜詩，有「從今晝錦蓮峰下，三樂休誇榮啟期」之句〔六〕。士林榮之。吉甫自號蘭泉老人，有集行於世。其論詩云：「作詩不論長篇短韻，須要詞理具足，不欠不餘。如荷上灑水，散爲露珠，大者如豆，小者如粟，細者如塵。一一看之，無不圓成，始爲盡善。」吉甫詩雖不能盡如所言，然亦未爲無所得也。

【注】

〔一〕蒲城：金縣名，屬京兆府路同州，今陝西省蒲城縣。

〔二〕絳州：金州名，屬河東南路，治今山西省新絳縣。

〔三〕宫教：負責皇宫教學的官職。

〔四〕道陵：金章宗完顏璟，死後葬於道陵（今北京市房山區）。淳素：敦厚樸實。

〔五〕超：提拔，擢升。華州：金州名，屬京兆府路，治今陝西省華縣。

〔六〕晝錦：項羽屠咸陽城後，思歸江東，對勸留者曰：「富貴不歸故鄉，如衣錦夜行。」（《漢書·項籍傳》）後遂稱富貴還鄉爲「衣錦晝行」，省作「晝錦」。蓮峰：指西嶽華山。榮啟期：春秋時隱士，相傳曾行於郕之野，語孔子，自言得三樂：爲人，爲男子，又行年九十。後用爲知足自樂之典。

擬古　十首〔一〕

飛雲何冉冉〔二〕，高與日月齊。中有兩仙人，盛服持玉圭〔三〕。我欲從之游，天險不可躋〔四〕。邈焉望不及，短日西山西〔五〕。

【注】

〔一〕擬古：詩文仿效古人的風格形式，後成爲詩體之一。

〔二〕冉冉：漸進貌。形容飛雲慢慢變化或移動。

〔三〕盛服：謂服飾齊整，表示嚴肅端莊。《禮記·中庸》：「使天下之人齊明盛服，以承祭祀。」孔穎達疏：「盛飾衣服，以承祭祀。」玉圭：亦作「玉珪」。古代帝王、諸侯朝聘或祭祀時所持的玉器。

〔四〕躋：攀登，上升。

〔五〕短日：冬季晝短夜長，故稱冬季的太陽爲「短日」。唐韓愈《燕河南府秀才》：「陰風攪短日，冷雨澀不晴。」

又

客從嶽頂來〔一〕，貽我松粉黃〔二〕。爲言服之久，身輕欲飛翔。我嘗淡無味，我嗅寂無香。

還君三太息〔三〕，世好方膏粱〔四〕。

【注】

〔一〕嶽頂：指華山之巔。

〔二〕松粉：松樹花粉。色黄，可食用，亦可作藥用。明李時珍《本草綱目·木一·松》：「松花，别名松黄……潤心肺，益氣，除風止血。亦可釀酒。」有抗疲勞、抗衰老之功效。

〔三〕太息：長歎。《楚辭·離騷》：「長太息以掩涕兮，哀民生之多艱。」

〔四〕世好：時尚，世俗所愛好的。宋蘇舜欽《夜聞秋聲感而成詠》：「未能追世好，且樂樽酒間。」膏粱：肥美可口的食物。《國語·晉語七》：「夫膏粱之性難正也。」韋昭注：「膏，肉之肥者；粱，食之精者。」

又

枯桑依頹垣，摧折生理微〔一〕。剥我枝間葉，備君身上衣。葉盡誰復顧，棲鳥來亦稀①。君看牡丹叢，日日笙歌圍〔二〕。

【校】

① 來亦：毛本作「亦來」。

【注】

〔一〕生理：指樹木的生氣及機能。

〔二〕笙歌：泛指奏樂唱歌。

又

青青河濱柳，柯葉柔且姸。一從智巧萌〔一〕，戕賊爲柸棬〔二〕。器成豈不佳，天質失自然。爭如河堤上，濯濯披春煙〔三〕。

【注】

〔一〕智巧：指心靈手巧。

〔二〕「戕賊」句：《孟子·告子上》：「性猶杞柳也；義猶桮棬也。以人性爲仁義，猶以杞柳爲桮棬。」焦循正義引《大戴禮記·曾子事父母》盧辯注：「杯，盤盎盆盞之總名也。蓋桮爲總名，其未彫未飾時，名其質爲棬，因而桮器之不彫不飾者，即通名爲棬也。」戕賊：摧殘，破壞。柸棬：亦作「桮棬」、「杯圈」。一種木製的酒杯。

〔三〕濯濯：明淨貌，清朗貌。《晉書·王恭傳》：「恭美姿儀，人多愛悅，或目之云：『濯濯如春月柳。』」唐喬知之《折楊柳》：「可憐濯濯春楊柳，攀折將來就纖手。」春煙：泛指春天的雲煙嵐氣等。

又

石泉何清泠〔一〕，中有九節蒲〔二〕。蒲性本孤潔，不受滓穢汙〔三〕。一移入城市，生意寄泥淤〔四〕。翠葉日焦卷，不霜而自枯。寄言守静者〔五〕，勿涉奔競途〔六〕。

【注】

〔一〕清泠：清涼寒冷。

〔二〕九節蒲：菖蒲的一種。莖節密，每寸達九節以上，故名。晉葛洪《抱朴子·仙藥》：「菖蒲生須得石上，一寸九節已上，紫花者尤善也。」

〔三〕滓穢：污濁。

〔四〕生意：生機，生命力。

〔五〕守静：保持清静，無所企求。語出《老子》：「致虚極，守静篤。」河上公注：「守清静，行篤厚。」

〔六〕奔競：奔走競爭。多指對功名利禄的追求。

又

庭前蘭蕙窠〔一〕，三年種不成。門外旱蒺藜〔二〕，一旦還自生〔三〕。第恐傷我足〔四〕，鋤去根與萌〔五〕。如何一雨後，走蔓復縱橫。

【注】

〔一〕蘭蕙：蘭和蕙，皆香草。代名貴的花草。窠：鳥兽蜂蟻等動物的窩。代指植蘭蕙之處。

〔二〕蒺藜：野草的一種，一年生草本植物。莖平鋪在地，羽狀複葉，小葉長橢圓形，開黃色小花，果皮有尖刺。

〔三〕一旦：一天之間。

〔四〕第恐：只怕，恐怕。

〔五〕萌：植物的芽。

又

有客曳長裾〔一〕，袖刺謁高閎〔二〕。低頭拜閽者〔三〕，始得通姓名。主人果厚眷，開宴海陸並〔四〕。顧必承彼顏，語必順彼情〔五〕。不如茅檐下，飽我藜藿羹〔六〕。

【注】

〔一〕長裾：指長衣。

〔二〕袖刺：置名刺於袖中，以備拜謁時通名。高閎：高大的門。亦指顯貴門第。

〔三〕閽者：守門人。

〔四〕海陸：指山珍海味。

〔五〕「顧必」二句：言期待關顧一定要看人家高興與否，説話也要順着人家的口氣神情。

〔六〕藜藿：藜和藿，泛指粗劣的飯菜。《文選・曹植・七啟》：「予甘藜藿，未暇此食也。」劉良注：「藜藿，賤菜，布衣之所食。」

又

菶菶嶧山桐〔一〕，一樹十二枝。枝分十二律〔二〕，所指各不移。胡爲師襄子〔三〕，獨謂東南奇〔四〕。一律不可闕，一枝不可遺。誰能以此意，説似典樂夔〔五〕。

【注】

〔一〕菶菶：草木茂盛貌。《詩・大雅・卷阿》：「梧桐生矣，于彼朝陽，菶菶萋萋，雝雝喈喈。」毛傳：「梧桐盛也。」嶧山桐：嶧山所産梧桐，是製琴嘉木。《書經・禹貢》「厥貢惟土五色，羽畎夏翟，嶧陽孤桐，泗濱浮磬，淮夷蠙珠暨魚」孔安國注曰：「嶧山之陽特生桐，中琴瑟也。」

〔二〕十二律：古樂的十二調。陽律六：黄鍾、太簇、姑洗、蕤賓、夷則、亡射；陰律六：大呂、夾鍾、中呂、林鍾、南呂、應鍾。共爲十二律。《周禮・春官・典同》：「凡爲樂器，以十有二律爲之數度。」

〔三〕師襄子：春秋時魯國的樂官，一説是衛國樂官，孔子曾向他學習彈琴。《孔子家語》：孔子學琴于師襄子，襄子曰：「吾雖以擊磬爲官，然能於琴。今子於琴已習，可以益矣。」

〔四〕東南奇：據《風俗通》記載：「梧桐生於嶧山之陽，巖石之上，采東南孫枝（新枝）爲琴，聲音極清亮。」

〔五〕似：與，給。唐賈島《劍客》：「今日把似君，誰爲不平事。」典樂：掌管朝廷音樂事務的官。夔：人名。《書·舜典》：「帝曰：夔，命汝典樂，教胄子。」

又

美人何熒熒，顔若苕之英〔一〕。絶世而獨立，一顧傾人城〔二〕。三星正當户〔三〕，俟我亦在庭〔四〕。之子無良媒〔五〕，不敢犯露行〔六〕。

【注】

〔一〕「美人」二句：《史記·趙世家》：「美人熒熒兮，顔若苕之榮。」熒熒：光鮮亮麗。苕：凌霄花。喻容貌之美。

〔二〕「絶世」二句：《漢書·李夫人傳》：「孝武李夫人，本以倡進。初，夫人兄延年性知音善歌舞，武帝愛之。每爲新聲變曲，聞者莫不感動。延年侍上，起舞歌曰：『北方有佳人，絶世而獨立。一顧傾人城，再顧傾人國。寧不知傾城與傾國，佳人難再得。』」傾人城：形容女子極其美麗。

〔三〕「三星」句：《詩・唐風・綢繆》：「綢繆束楚，三星在户。今夕何夕，見此粲者。」毛傳：「三星，參也。」鄭玄箋：「三星，謂心星也。」天空中明亮而接近的三星，有參宿三星，心宿三星，河鼓三星。據近人研究，末章「綢繆束楚，三星在户」，指河鼓三星。

〔四〕「俟我」句：《詩・齊風・著》：「俟我于庭乎而，充耳以青乎而，尚之以瓊瑩乎而。」鄭箋：「待我於庭，謂揖我於庭。」二句言在半夜三星正面照户之際，美人多情地在庭中等待着我。

〔五〕「之子」句：《詩・鄭風・氓》：「匪我愆期，子無良媒。」之子：這個人。

〔六〕「不敢」句：《詩・召南・行露》毛序：「《行露》，召伯聽訟也。衰亂之俗微，貞信之教興，强暴之男不能侵陵貞女也。」孔疏：「《行露》詩者，言召伯聽斷男女室家之訟也。……强暴之男不能侵陵貞女也。男雖侵陵，貞女不從。是以貞女被訟而召伯聽斷之。」

又

丘中有一士〔一〕，顏貌清且癯〔二〕。緼袍僅蔽體〔三〕，蔬飯不滿盂。時出蓬蓽門〔四〕，鼓腹歌黄虞〔五〕。不知何所得，矯首望八區〔六〕。

【注】

〔一〕丘：居邑，村落。《文選・鮑照・結客少年場行》：「去鄉三十載，復得還舊丘。」李善注：「《廣雅》曰：『丘，居也。』」

〔二〕顏貌：容儀，面貌。清且癯：癯亦作臞，猶清瘦。多形容有氣質學識但生活清苦的文士。

〔三〕緼袍：以亂麻爲絮的袍子，古爲貧者所服。《論語·子罕》：「衣敝緼袍，與衣狐貉者立，而不恥者，其由也與？」

〔四〕「時出」句：《禮記·儒行》：「儒有一畝之宫，環堵之室，蓽門圭窬，蓬户甕牖。」蓬蓽：用草、樹枝等做成的門户。

〔五〕鼓腹：拍擊腹部，以應歌節。黄虞：黄帝、虞舜的合稱。晉陶潛《贈羊長史》：「愚生三季後，慨然念黄虞。」

〔六〕「矯首」句：化用杜甫《又上後園山脚》詩句：「窮秋立日觀，矯首望八荒。」矯首：昂首，抬頭。八區：八方。《漢書·揚雄傳下》：「天下之士，雷動雲合，魚鱗雜襲，咸營於八區。」顏師古注：「八區，八方也。」

山中

林櫻墮紅珠〔一〕，打着琴上絃。山人時一笑〔二〕，愛此聲琅然〔三〕。

【注】

〔一〕紅珠：比喻紅色果實。唐王建《題江寺兼求藥子》：「紅珠落地求誰與，青角垂階自不收。」

〔二〕山人：隱居山中的士人。

〔三〕琅然：聲音清朗貌。

韓信廟〔一〕

一檄風馳萬壘降〔二〕，當時意趣已難量〔三〕。既能歸漢識真主，何必下齊求假王〔四〕。將幄深嚴巖樹碧，門旌摇曳嶺雲黄。我詩責備春秋法〔五〕，勝把君侯美處揚〔六〕。

【注】

〔一〕韓信（約前二三一——前一九六）：字重言，淮陰（今江蘇省淮安市）人，西漢開國功臣，「漢初三傑」之一。

〔二〕「一檄」句：述韓信破趙之後，聽從廣武君李左車的計策，派使者去燕，一檄而定，不戰而屈人之兵，致使燕國投降事。事見《史記·淮陰侯列傳》。

〔三〕意趣：意向，旨趣。

〔四〕下齊求假王：韓信一連滅魏、徇趙、脅燕、定齊，齊國平定後，他派人向劉邦上書要做代理齊王。

〔五〕春秋法：春秋筆法。孔子撰《春秋》，一字之用，寓褒貶，別善惡，微言大義，後因以稱隱晦而意含褒貶的文字爲「春秋筆法」。

〔六〕勝：盡。君侯：秦、漢時稱列侯而爲丞相者。韓信爲漢朝的建立立下汗馬功勞，歷任大將軍、左丞相、相國，封齊王、楚王、淮陰侯。故稱。詩言韓信既由楚歸漢，其求爲齊王，有違君臣大義，而史書對之盡揚其美，頗爲不妥。

送張子玉〔一〕

渭水玻璃碧〔二〕，秦山劍戟明〔三〕。秋光如我瘦〔四〕，行色與君清〔五〕。蟬噤西風柳〔六〕，鴉翻落日城〔七〕。歸舟幸無物，且莫苦貪程〔八〕。

【注】

〔一〕張子玉：張琚，字子玉，河中（今山西省永濟市）人。刻意於詩，長於五言。詩人喜稱道之，至有「張五字」之目。有《韋齋集》。《中州集》卷七有小傳。張建曾爲華州防禦使事，詩當作於此時。

〔二〕渭水：黄河第一大支流，發源於甘肅省渭源縣的鳥鼠山，由陝西省潼關匯入黄河。玻璃：比喻平静澄澈的水面。

〔三〕秦山：秦地之山。劍戟：堅鋭的兵器。狀秦山如劍戟一般，直刺雲天。

〔四〕「秋光」句：形容秋天河水減縮、山林凋零的景色。

〔五〕行色：行旅出發前後的情狀、氣派。句言友人離開時，攜物甚少，與他爲人清白廉潔相一致。

〔六〕蟬嘒：蟬鳴。語自《詩·小雅·小弁》：「菀彼柳斯，鳴蜩嘒嘒。」

〔七〕鴉翻：鴉鳥翻飛。句以烏鴉傍晚飛奔回窠興起友人歸心之急切。

〔八〕苦：急迫，緊迫。《莊子·天道》：「斲輪，徐則甘而不固，疾則苦而不入。」成玄英疏：「苦，急也。」

貪程：貪趕路程。

梨花

蠹樹枝高茁朵稠〔一〕，嫩苞開破雪搓毬〔二〕。碎粘粉紫鬚齊吐〔三〕，潤卷丹黄葉半抽〔四〕。月影曉窗留好夢，雨聲深院鎖清愁〔五〕。瓊胞已實香猶在〔六〕，散入長安賣酒樓。長安酒家有梨花樓。

【注】

〔一〕「蠹樹」句：謂被蟲蝕的老梨樹枝條高挑茁壯，開滿花朵。蠹：蛀蝕。朵：樹木枝葉花實下垂貌。後多指花朵。《説文·木部》：「朵，樹木垂朵朵也。」段玉裁注：「凡枝葉華實之垂者皆曰朵朵，今人但謂一華爲一朵。」

〔二〕雪搓毬：白雪搓成的小球，寫梨花形圓色白。

〔三〕鬚齊吐：狀梨花花蕊。

〔四〕丹黄：赤黄色。句寫梨樹新長出的嫩黄色葉子。

〔五〕「月影」二句：謂由於喜愛梨花，晝賞夜思，以致月亮西下，斜照曉窗，自己仍在賞花的美夢中。春雨來臨，深恐梨花因風吹雨打而過早凋謝，自己在深院中愁眉不展，情緒淒涼。

〔六〕瓊胞：指梨花謝後結出的小果實。古人以瓊玉喻梨枝，元好問《同漕司諸人賦紅梨花二首》：「瓊枝玉蕊靜年芳，知是何人與點妝。」

答華陰宋先覺〔一〕

雲臺清集憶當年〔二〕，詩筆逢君厭老拳〔三〕。後會邈如千里遠，壯懷不似十年前。風簾摇曳橋南酒〔四〕，煙樹溟濛渭北天〔五〕。咫尺靈山飛不到〔六〕，夢魂長繞玉峰蓮〔七〕。

【注】

〔一〕華陰：金縣名，屬京兆路京兆府，今陝西省華陰市。宋先覺：華陰人。餘不詳。張建曾爲華州防禦使事，詩當作於此時。

〔二〕雲臺：山名，在陝西省華陰市境，即華山的北峰，古代隱者和道士多居於此。清集：猶雅集。

〔三〕厭：飽嘗。老拳：結實有力的拳頭。典出《晉書·石勒載記下》：「初，勒與李陽鄰居，歲常爭麻池，迭相毆擊。至是，謂父老曰：『李陽，壯士也，何以不來？漚麻是布衣之恨，孤方崇信於天下，寧讎匹夫乎！』乃使召陽。既至，勸與酣謔，引陽臂笑曰：『孤往日厭卿老拳，卿亦飽孤毒手。』」

〔四〕風簾：指酒簾，酒旗。

〔五〕渭北：渭水之北。華陰在渭水之南，此謂詩人與宋先覺隔水相望。句暗用杜甫《春日憶李白》：「渭北春天樹，江東日暮雲。何時一樽酒，重與細論文。」

〔六〕靈山：《咸淳臨安志》卷二三：「晏元獻公《輿地志》云：『晉咸和元年，西天僧慧理登兹山，歎曰：此是中天竺國靈鷲山之小嶺，不知何年飛來。佛在世日，多爲仙靈所隱，今此亦復爾邪？因掛錫造靈隱寺，號其峰曰『飛來』。」句謂華山雖近在咫尺，卻不能像杭州西湖之飛來峰一樣能飛到眼前，以供天天觀賞。

〔七〕玉峰蓮：華山西峰，狀如蓮花，故名蓮花峰。

送賀彦淳還南邠〔一〕

玉峰明滅暮雲邊，默計歸程約半千〔二〕。襁負尚憐靈照幼〔三〕，家貧賴有孟光賢〔四〕。臨岐淚眼三年別〔五〕，夾路風槐六月天。佇立望君西去遠，夕陽村落起孤煙。

【注】

〔一〕賀彦淳：其人不詳。南邠：古州名，唐以後稱邠州，今陝西省彬縣。

〔二〕默計：暗自計算。半千：五百。

〔三〕襁負：用布幅包裹小兒而負於背。靈照：《景德傳燈録・襄州居士龐蘊》：「居士（龐蘊，洞達禪宗）將入滅，令女靈照出視日早晚，及午以報。女遽報曰：『日已中矣，而有蝕也。』居士出户觀次，靈照即登父座，合掌坐亡。居士笑曰：『我女鋒捷矣！』」後用以指貧家少女。蘇軾《虔州呂倚……貧甚至食不足》：「不識孔方兄，但有靈照女。」

〔四〕孟光：東漢隱士梁鴻之妻，字德曜。夫妻隱居於霸陵山中，以耕織爲生。後至吴，鴻爲傭工，每食時，光必舉案齊眉，以示敬愛。見《後漢書・逸民傳・梁鴻》。後作爲古代賢妻的典型。

〔五〕臨岐：本爲面臨歧路，後亦用爲贈别之辭。唐王勃《送杜少府之任蜀州》：「無爲在歧路，兒女共沾巾。」三年别：賀彦淳還南郊或爲父母守孝，古人有守孝三年之期。

山村風雨圖

雨昏山店望未見，風緊傘檐張不開〔一〕。莫訝披圖便成句〔二〕，爲曾行到此中來〔三〕。吉甫又嘗有詩云〔四〕：「風卷吉甫攙馬過，雲移凉影趁人行。」其寫目前之景，甚與《山村風雨》詩相似，今附於此。

【注】

〔一〕傘檐：雨傘的外沿。

〔二〕披圖：指展閲圖籍、圖畫等。

〔三〕「爲曾」句：謂曾經親身經歷過畫面之場景。

〔四〕吉甫：張建字吉甫。

賦胡直之溪橋蓮塘 二首　漁父詞體〔一〕

溪橋脚下水平分，橋柱萍粘浪打痕。天向晚，日攙昏〔二〕，兩簇青煙斷岸村〔三〕。

【注】

〔一〕胡直之：其人不詳。漁父詞：詞體的一種，唐張志和創制。單調二十七字，平韻。

〔二〕攙：混合，攙雜。

〔三〕斷岸：江邊絶壁。蘇軾《後赤壁賦》：「江流有聲，斷岸千尺。」

又

拂拂輕風漾翠瀾〔一〕，粉媒新撲小荷盤〔二〕。塘水漲，岸痕漫，草閣臨流五月寒。

【注】

〔一〕翠瀾：緑波。

〔二〕粉媒：指粉蝶。此蟲傳播花粉，故稱。荷盤：指荷葉。荷葉形圓，似盤，故名。

雜詩 二首〔一〕

瓦瓶擔山泉，石鼎煮巖菊〔二〕。燎以松桂枝〔三〕，清芬滿茅屋〔四〕。

【注】

〔一〕雜詩：謂興致不一，不拘流例，遇物即言之詩。《文選》有雜詩一目，凡内容不屬獻詩、公宴、遊覽、行旅、贈答、哀傷、樂府諸目者，概列雜詩項。即有題如張衡《四愁》、曹植《朔風》等，内容相近，亦歸此項，如王粲、劉楨、曹植兄弟等作皆即以「雜詩」二字爲題，後世循之。《文選·王粲·雜詩》李善注：「雜者，不拘流例，遇物即言，故云雜也。」唐李周翰注：「興致不一，故云雜詩。」

〔二〕石鼎：陶製的烹茶用具。巖菊：懸崖菊，野菊的一種，花型較小，金黄色，可入藥烹茶。

〔三〕燎：指用火燒水。

〔四〕清芬：清香。

又

踏雪尋梅花，雪梅同一色。不是暗香來〔一〕，梅花尋不得。

【注】

〔一〕暗香：猶幽香。全詩化用宋王安石《梅花》：「遙知不是雪，爲有暗香來。」以及古樂府：「祇言花似雪，不悟有香來。」

俊師定庵〔一〕

渟泓石上泉〔二〕，照我良是我〔三〕。輕風一蕩激〔四〕，真態互掀簸〔五〕。乃知永慧性①，非戒定未可〔六〕。道人此名庵，千劫付一坐〔七〕。海月自澄明〔八〕，天花任飛妥〔九〕。吾生劇萍梗〔一〇〕，萬里信漂墮。湛然摩尼珠〔一一〕，坐受昏塵裹〔一二〕。何時陪遠公〔一三〕，同社事香火〔一四〕。

【校】

①永：李本、毛本作「求」。

【注】

〔一〕俊師：俊禪師。

〔二〕渟泓：積水深貌。

〔三〕良：確實。

〔四〕蕩激：激蕩。掀起波浪。

〔五〕掀簸：掀翻，顛簸。唐韓愈《瀧吏》：「颶風有時作，掀簸真差事。」

〔六〕「乃知」二句：言由真我一爲外物所激就變態乃知習佛求長慧性，非持戒以排除外物干擾，才能心定而不生雜念。慧性：佛教謂智慧之性。唐劉禹錫《謁柱山會禪師》：「色身豈吾寶，慧性非形礙。」

〔七〕劫：佛教語。意爲極其久遠。古印度傳説世界經歷若干萬年毁滅一次，重新再開始，這樣一個週期爲一「劫」。

〔八〕海月：海上的月亮。澄明：清澄，明淨。句喻禪定時的心境。

〔九〕天花：亦作「天華」。佛教語。天界仙花。《維摩經·觀衆生品》：「時維摩詰室有一天女……見諸天人聞所説法，便現其身，即以天華散諸菩薩大弟子上。」妥：垂落，掉下。杜甫《重過何氏》：「花妥鶯捎蝶，溪喧獺趁魚。」

〔一〇〕萍梗：浮萍斷梗。因漂泊流徙，故以喻人行止無定。

〔一一〕湛然：清淨貌。摩尼珠：寶珠。晉法顯《佛國記》載：師子國多出珍寶珠璣，有出摩尼珠地，方可十里。

〔一二〕坐受：白白地承受。二句言自己原木像明淨的寶珠，卻在世俗中沾染塵垢。

〔一三〕遠公：晉高僧慧遠，居廬山東林寺，世人稱爲遠公。

〔一四〕社：蓮社。東晉慧遠大師居廬山，與劉遺民等同修淨土，寺中有白蓮池，因號蓮社，又稱白蓮社。

香火：指供奉神佛之事。

送王主簿還鄉〔一〕

笑君習氣只書生〔二〕，薄有歸装亦自清〔三〕。瘦僕擔詩雙籠重〔四〕，羸牛引軛一車輕〔五〕。長亭已過那知遠〔六〕，别酒猶多未忍傾。記取明年斷腸處，玉梨花底月三更〔七〕。

【注】

〔一〕王主簿：其人不詳。主簿：金時爲縣級基層官員，正九品。中縣（萬户以下，三千户以上）不置丞，以主簿與尉通領巡捕事。下縣（不滿三千户）則不置尉，以主簿兼之。

〔二〕習氣：習慣和習性。書生：讀書人，古時多指儒生。

〔三〕薄：略微，稍。句言王氏爲官清廉，所以還鄉時攜物甚少。

〔四〕籠：用竹片编成的盛物器具。

〔五〕引軛：指拉車。軛：駕車時擱在牛馬頸上的曲木。

〔六〕長亭：古時於道路每隔十里設長亭，供行旅停息，近城者常爲送别之處。

〔七〕斷腸：形容極度思念或悲痛。

張瓚 一首

瓚字器之，河中人〔一〕。才氣超邁〔二〕，時輩少見其比。年未二十，以鄉試魁陝西、河東〔三〕。不幸早世。張吉甫弔之云〔四〕：「惜哉器之真丈夫，少年讀徧天下書。一事不成死於途，苗而不秀有矣夫〔五〕，秀而不實有矣夫。」其爲名流所嗟惜如此〔六〕。

【注】

〔一〕河中：金府名，屬河東南路。治今山西省永濟市。

〔二〕超邁：卓越高超，不同凡俗。

〔三〕鄉試：科舉考試名。金代科舉分鄉試、府試、省試、御試四級。士子先於諸州分縣赴試，號爲「鄉試」，榜首曰「鄉元」，亦曰「解元」。後於章宗明昌元年廢鄉試。參見《金史·選舉一》。

〔四〕張吉甫：張建，字吉甫，自號蘭泉老人，蒲城人。《中州集》卷七有小傳。

〔五〕秀：穀物抽穗揚花。《爾雅》：「榮而實者謂之秀。」

〔六〕名流：知名人士。嗟惜：嗟歎，惋惜。

游棲巖寺〔一〕

林表招人白塔明〔二〕，竹間蘭芷石泉清〔三〕。惠崇水墨西軒景〔四〕，煙帶平蕪水帶城〔五〕。

【注】

〔一〕棲巖寺：寺名。位於山西永濟市西南二十公里處的中條山巔。北周建德年間建寺，初名靈居寺，隋代改今名。隋唐時寺况極盛，宋以後各代屢有修葺，於山巔、山腰、山麓分置上中下三寺。

〔二〕林表：林梢，林外。《文選·謝朓·休沐重還丹陽道中》：「雲端楚山見，林表吴岫微。」李善注：「表，猶外也。」

〔三〕蘭芷：蘭草與白芷。皆香草。《楚辭·離騷》：「蘭芷變而不芳兮，荃蕙化而爲茅。」

〔四〕惠崇（九六五—一〇一七）：福建建陽人。北宋僧人，擅詩、畫，有畫作《沙汀煙樹圖》等傳世。北宋郭若虚《圖畫見聞志》：「建陽僧惠崇，工畫鵝雁鷺鷥，尤工小景。善爲寒汀遠渚，瀟灑虚曠之象，人所難到也。」水墨：水墨畫。西軒景：此系北宋僧惠崇水墨畫，所畫爲蘇轍西軒之景物。詩中藉以説棲巖寺的風景像惠崇畫中的風景。西軒：《明一統志》卷五七「西軒」：「在府治南，蘇欒城寓居之所。」

〔五〕平蕪：草木叢生的平曠原野。南朝梁江淹《去故鄉賦》：「窮陰匝海，平蕪帶天。」

毛宫教麾　七首

麾字牧達，平陽人〔一〕。大定十六年舉學行〔二〕，特賜進士出身〔三〕，授校書郎〔四〕。入教宫掖〔五〕，歷太常博士〔六〕，終於同知沁州軍州事〔七〕。有《平水集》行於世。

【注】

〔一〕平陽：金府名，屬河東南路，治今山西省臨汾市堯都區。

〔二〕舉學行：金代選拔官員途徑之一。即由朝臣及地方官舉薦學問品行皆佳的人士奏上任官。

〔三〕「特賜」句：金代選舉對特别優秀的人才，可以不通過正規舉試渠道而直接賜予相當於進士的身份。

〔四〕校書郎：在皇宮書庫擔任校書工作的低級官員，屬秘書監，從七品。見《金史·百官二》。

〔五〕宮掖：宮廷，皇宮。掖：掖庭，宮中的旁舍，妃嬪居住的地方。

〔六〕太常博士：《金史·選舉一》「太常寺」下：「博士二員，正七品，掌檢討典禮。」

〔七〕沁州：金州名，屬河東南路。治今山西省沁源縣。

無題一首〔一〕

小鬟對起石州山〔二〕，楊柳分青入髻鬟〔三〕。乍識春風眼如鶻〔四〕，爲誰無語獨憑欄。

【注】

〔一〕無題：表示無題可標或不願標題。宋陸游《老學庵筆記》卷八：「唐人詩中有曰『無題』者，率杯酒狎邪之語，以其不可指言，故謂之『無題』，非真無題也。」

〔二〕顰：皺眉。

〔三〕髻鬟：古時婦女髮式，將頭髮環曲束於頂。二句形容女子容飾之美。

〔四〕春風：多指男女間的歡愛。鶻：猛禽，似鷹而體小，亦稱隼。眼如鶻：形容眼睛像鶻眼那樣明快靈活，此喻多情流盼的眼神。

游河西孫氏園

亭榭依山水亂鳴，已如罨畫障中行〔一〕。照溪芳樹紅雲合〔二〕，迎客幽禽翠羽輕〔三〕。豪氣未饒金谷友〔四〕，醉魂如到錦官城〔五〕。猶慚歸騎匆匆去，不得持杯待月明。

【注】

〔一〕罨畫：色彩鮮明的繪畫。明楊慎《丹鉛總録·訂訛·罨畫》：「畫家有罨畫，雜彩色畫也。」多用以形容自然景物或建築物等的豔麗多姿。唐秦韜玉《送友人罷舉除南陵令》：「花明驛路胭脂暖，山入江亭罨畫開。」障：錦障：遮蔽風塵或視線的錦製圍幕。《晉書·石崇傳》：「(王)愷作紫絲布步障四十里，(石)崇作錦步障五十里以敵之。」

〔二〕紅雲：喻大片紅花在水中的倒影。唐韓愈《酬盧給事曲江荷花行》：「曲江千頃秋波淨，平鋪紅雲蓋明鏡。」

〔三〕幽禽：鳴聲幽雅的禽鳥。

〔四〕「豪氣」句：言孫氏園建築景色之奢侈豪華及游賓之盛不亞石崇金谷園。南朝梁何遜《車中見新林分别甚盛》：「金谷賓游盛，青門冠蓋多。」金谷：金谷園，故址在今河南省洛陽市東北。《世説新語·品藻》劉孝標注引石崇《金谷詩序》：「余有别廬在河南縣境金谷澗中，或高或下，有清泉茂林，衆果竹柏，藥草之屬，莫不畢備。又有水碓、魚池、土窟，其爲娱目歡心之物備矣。」

〔五〕錦官城：城名，故址在今四川成都南。成都舊有大城、少城。少城古爲掌織錦官員之官署，因稱「錦官城」。《成都記》：「府城亦呼爲錦官城，以江山明麗，錯雜如錦也。」杜甫《春夜喜雨》：「曉看紅濕處，花重錦官城。」句言孫氏園繁花似錦，令人陶醉，如置身以色彩明麗而著稱的錦官城一般。

魏城馬南瑞以異香見貽，且索詩，爲賦二首〔一〕

梅心蘭甲類元同〔二〕，氣壓荀家百和功〔三〕。借潤更煩纖手玉〔四〕，出雲初試博山銅〔五〕。崇朝日下亭亭蓋〔六〕，三月花間細細風。我有因緣在香火〔七〕，鼻端消息爲君通〔八〕。

【注】

〔一〕魏城：縣名，北宋屬河北東路大名府，今河北省魏縣。金大定七年，分魏縣北部置廣平縣。馬南瑞：其人不詳。異香：氣味異常濃烈的香料。

〔二〕梅心：梅花的苞蕾。蘭甲：蘭花葉甲。

〔三〕荀家：《藝文類聚》卷七〇引晉習鑿齒《襄陽記》：「荀令君至人家，坐處三日香。」漢末荀彧曾任尚書令，稱荀令君。後以「荀令香」指名士風流或奇香。南朝梁劉考威《賦得香出衣》：「猶賢漢君芳千里，尚笑荀令止三旬。」唐李商隱《韓翃舍人即事》：「橋南荀令過，十里送衣香。」百和：百和香。古人爲使香味濃鬱經久，選擇多種香料加以配製，因稱爲「百和香」。南朝梁吴均《行路難》其四：「博山爐中百和香，鬱金蘇合及都梁。」

〔四〕「借潤」句：古人用香爐取香注水。《陳氏香譜》卷四「博山香爐」云：「其爐象海中博山，下盤貯湯，使潤氣蒸香，以象海之四環。」宋黄庭堅《賈天錫惠寶薰乞詩……》：「石蜜化螺甲，榠樝煮水沉。博山孤煙起，對此作森森。」

〔五〕博山銅：指銅製博山爐。博山爐，因爐蓋上的造型似傳聞中的海中名山博山而得名。一説象華山，因秦昭王與天神博於是，故名。後作爲名貴香爐的代稱。句言初次嘗試在香爐中蒸熏友人所贈異香，如出雲吐霧。

〔六〕崇：通「終」。崇朝：終朝。從天亮到早飯時。亦指整天。《詩·鄘風·蝃蝀》：「朝隮于西，崇朝而雨。」毛傳：「崇，終也。從旦至食時爲終朝。」亭亭：高聳貌。句言蒸香時久，直到日下屋檐仍香味不絶。

〔七〕因緣在香火：即香火因緣。香與燈火，爲供奉佛前之物。謂與佛有緣。

〔八〕鼻端消息：鼻孔聞到的香氣。

又

二卉真香豈復加〔一〕，便宜編譜入雄誇〔二〕。留殘一點薔薇水〔三〕，幻出諸天薝蔔花〔四〕。佩帶正垂金鈿小〔五〕，薰爐孤起翠雲斜〔六〕。金籠甲帳豪華事〔七〕，慚愧桑樞甕牖家〔八〕。

【注】

〔一〕二卉：指前詩所謂的「梅心」「蘭甲」二香。

〔二〕便宜：順便，方便。雄誇：盛贊，盛稱。

〔三〕薔薇水：香水名。南唐張泌《妝樓記·薔薇水》：「周顯德五年，昆明國獻薔薇水十五瓶，云得自西域，以灑衣，衣敝而香不滅。」宋蔡絛《鐵圍山叢談》卷五：「舊説薔薇水乃外國採薔薇花上露水，殆不然，實用白金爲甑，採薔薇花蒸氣成水，則屢採屢蒸，積而爲香，此所以不敗，但異域薔薇花氣馨烈非常，故大食國薔薇水雖貯琉璃缶中，蠟密封其外，然香猶透徹聞數十步，灑著人衣袂，經十數日不歇也。」

〔四〕諸天：猶天神。薝蔔花：梵語音譯，意譯爲郁金花。原産于西域，古人多與梔子花相混淆。如明李時珍《本草綱目·木三·梔子》引蘇頌曰：「今南方及西蜀州郡皆有之。木高七八尺，葉似李而厚硬。又似樗蒲子，二三月生白花，花皆六出，甚芬香，俗説即西域薝蔔也。」宋羅願《爾雅翼·釋草》：「薝蔔者金色，花小而香，西方甚多，非梔也。」

〔五〕金鈿：嵌有金花的婦人首飾。南朝梁丘遲《敬酬柳僕射征怨》：「耳中解明月，頭上落金鈿。」

〔六〕翠雲：形容婦女頭髮烏黑濃密。南唐李煜《菩薩蠻》詞：「拋枕翠雲光，繡衣聞異香。」

〔七〕甲帳：漢武帝所造帳幕。飾琉璃珠、夜光珠等珍寶者爲甲帳，以居神；其次爲乙帳，以自居。見《漢武故事》。金籠甲帳：代富豪之家。

〔八〕桑樞甕牖：以桑木爲門軸，以破甕爲窗。形容貧寒之家。

新春雪與韓府推〔一〕

春到千門氣自嘉，更教飛雪助年華。六街官柳枝枝絮〔二〕，一夜江梅樹樹花〔三〕。況是縱吟多伴侣，直須爛醉作生涯〔四〕。掃庭迎客東風裏，幕府風流有故家〔五〕。

【注】

〔一〕府推：府中推官。古代掌刑獄的官員。

〔二〕六街：泛指京都的大街和鬧市。官柳：官道兩旁種植的柳樹。絮：指柳枝的雪如柳絮一般。

〔三〕江梅：一種野生梅花。宋范成大《梅譜》：「江梅，遺核野生，不經栽接者，又名直脚梅，或謂之野梅。凡山間水濱荒寒清絶之趣，皆此本也。花稍小而疏瘦有韻，香最清，實小而硬。」

〔四〕生涯：生活。二句謂韓氏喜結賓客，縱情吟詩，盡情飲酒，且以爲常。

〔五〕幕府：本指將帥在外的營帳，後亦泛指軍政大吏的府署。故家：指生養於世家豪門所陶冶出來的風流儒雅、遵守禮節的大家氣度。《孟子・公孫丑上》：「紂之去武丁未久也，其故家遺俗，流風善政，猶有存者。」焦循正義：「故家，勳舊世家。」

和思達兄杏花〔一〕

碎剪明霞役化工〔二〕，曉園香散暖煙中。羞逢柳眼三眠白〔三〕，分得桃腮一笑紅。上苑繁華迷故國〔四〕，曲江顑頷老春風〔五〕。欲傳此恨花無語，强對芳時作醉翁。

【注】

〔一〕思達：其人不詳。

〔二〕明霞：燦爛的雲霞。化工：指自然的造化者。句言杏花的花瓣由造化者剪碎豔麗的彩霞而成。

〔三〕柳眼：初春時柳枝吐出的小葉。三眠：指檉柳（即人柳）的柔弱枝條在風中時時伏倒。《三輔故事》：「漢苑中有柳狀如人形，號曰人柳，一日三眠三起。」故稱三眠柳。

〔四〕上苑：皇家的園林。故國：舊都。此指長安。

〔五〕曲江：在今陝西省西安市東南。秦爲宜春苑，漢爲樂游原，有河水水流曲折，故稱。曲江有杏園，宋張禮《游城南》：「杏園與慈恩寺南北相直，唐新進士多遊晏於此。」唐劉滄《及第後宴曲江》：「及第新春選勝遊，杏園初宴曲江頭。」顚頷：形容枯槁瘦弱。老春風：當指年歲衰老而未能春風得意，遊宴杏園。或指科考屢次落第，終老無成。

春賞

潤入梅天雨乍晴〔一〕，唤回春意有新鶯〔二〕。雲霞照眼青山近，羅綺吹香白晝明〔三〕。翠勺銀罌沽酒市〔四〕，暖風遲日賣花聲〔五〕。人人共喜華胥世〔六〕，何用遨頭羨錦城〔七〕。

【注】

〔一〕梅天：梅花盛開之時節。

〔二〕新鶯：春天的啼鶯。李白《侍宴宜春苑奉詔賦龍池柳色初青聽新鶯百囀歌》：「始向蓬萊看舞鶴，還過茝若聽新鶯。」

〔三〕羅綺：指衣着華貴的女子。宋柳永《迎新春》詞：「徧九陌羅綺，香風微度。」

〔四〕翠勺：嵌有翡翠的酒器。銀罌：亦作「銀甖」，銀質或銀飾的貯器。

〔五〕遲日：指春日。《詩·豳風·七月》：「春日遲遲。」

〔六〕華胥：指理想的安樂和平之境。語自《列子·黄帝》：黄帝晝寢，而夢遊於華胥氏之國。華胥氏之國無師長，自然而已；其民無嗜欲，自然而已。黄帝既寤，怡然自得。

〔七〕遨頭：宋代成都自正月至四月浣花，太守出遊，士女縱觀，稱太守爲「遨頭」。宋陸游《老學庵筆記》卷八：「四月十九日成都謂之浣花，遨頭宴於杜子美草堂滄浪亭，傾城皆出，錦繡夾道，自開歲宴遊至是而止。」錦城：錦官城。故址在今四川成都南。成都舊有大城、少城。少城古爲掌織錦官員之官署，故稱。

朱宫教瀾 三首

瀾字巨觀，霖堂先生之子〔一〕。學問該洽〔二〕，能世其家〔三〕。大定二十八年進士，時年已六十，意氣不少衰。歷諸王文學、應奉翰林文字，終於待制。党、趙推挽之力爲多〔四〕。以嘗入教宫掖〔五〕，故集中多宫詞〔六〕。

【注】

〔一〕霖堂先生：朱之才，字師美，號慶霖先生，洛西三鄉（今河南省洛寧縣）人。北宋崇寧二年進士。有《霖堂集》傳於世。《中州集》卷二有小傳。

〔二〕該洽：廣博，博通。

〔三〕世其家：能夠繼承家族傳統。

〔四〕党、趙：党懷英、趙秉文。推挽：引薦，薦舉。

〔五〕宫掖：指皇宫。掖：掖庭，宫中的旁舍，嬪妃居住的地方。

〔六〕宫詞：古代的一種詩體。多寫宫廷生活瑣事，一般爲七言絶句，唐代詩歌中多見之，如王建《宫詞》，後世沿而作之者頗多。

寒食不出〔一〕

地偏無客過吾廬，寒食清明入燕居〔二〕。驥子捧甌仍臘茗〔三〕，孟光舉按只春蔬〔四〕。蠅沾香篆渾傷字〔五〕，蜂蹙瓶花半墮書〔六〕。習氣未除還自笑〔七〕，卻將佳節付三餘〔八〕。

【注】

〔一〕寒食：節日名。在清明前一日或二日。相傳春秋時晉文公負其功臣介之推，介之推憤而隱於綿山。文公悔悟，燒山逼令出仕，介之推抱樹焚死。人皆同情介之推的遭遇，相約於其忌日禁火冷食，以爲悼念。後相沿成俗，謂之寒食。南朝梁宗懔《荆楚歲時記》：「去冬節一百五日，即有疾風甚雨，謂之寒食。禁火三日，造餳大麥粥。」

〔二〕燕居：閒居之所。

〔三〕驥子：良馬。稱美子孫。典出《北史・裴延俊傳》：「二子景鸞、景鴻，並有逸才，河東呼景鸞爲驥子、景鴻爲龍文。」臘茗：即臘茶，茶的一種。臘，取早春之義。以其汁泛乳色，與溶蠟相似，故也稱蠟茶。宋歐陽修《歸田録》卷一：「臘茶出於劍、建，草茶盛於兩浙。」

〔四〕孟光舉按：典出《後漢書・梁鴻傳》：「每歸，妻爲具食，不敢於鴻前仰視，舉案齊眉。」按，通案。馮其庸《通假字彙釋》：「按：『案』字從木，俗或作『桉』。漢人從木與從扌字通用無別，故『按』『案』多相通借。」孟光：梁鴻妻，後作賢妻的代稱。春蔬：春日的菜蔬。

〔五〕香篆：香名，形似篆文。宋洪芻《香譜・香篆》：「鏤木以爲之，以範香塵爲篆文，然於飲席或佛像前，往往有至二三尺徑者。」此指香灰。

〔六〕蹙：通「蹴」。踩，踏。

〔七〕習氣：習慣，習性。此指書生讀書弄文的愛好，有自嘲意。蘇軾《再和潛師》：「東坡習氣除未盡，時復長篇書小草。」

〔八〕三餘：泛指空閒時間。《三國志・魏志・王肅傳》：「明帝時大司農弘農、董遇等，亦歷注經傳，頗傳於世。」裴松之注引三國魏魚豢《魏略》：「遇言：『(讀書)當以三餘。』或問三餘之意，遇言『冬者歲之餘，夜者日之餘，陰雨者時之餘也』。」

黄筌雀蝶〔一〕

飢雀喧爭蛺蝶孤，錦官城闕見丘墟①〔二〕。老筌妙意誰知解〔三〕，丹粉圖中有諫書〔四〕。

【校】

①官：底本原作「宫」，應爲形訛，故改。

【注】

〔一〕黄筌（九〇三——九六五）：字要叔，五代西蜀畫家。成都（今四川省成都市）人。長期供奉内廷，所畫多爲珍禽瑞鳥，奇花異石，畫風工整富麗，被宋人稱爲「黄家富貴」。有《寫生珍禽圖》傳世。

〔二〕錦官城：城名。故址在今四川成都南，古爲掌織錦官員之官署，故稱。後作成都的别稱。《成都記》：「府城亦呼爲錦官城，以江山明麗、錯雜如錦也。」丘墟：廢墟，荒地。《史記·李斯列傳》：「紂殺親戚，不聽諫者，國爲丘墟，遂危社稷。」

〔三〕老筌：黄筌。

〔四〕諫書：向君主進諫的奏章。

宫詞

太一芙蓉上下天〔一〕，秋波澹澹白生煙〔二〕。採蓮宫女分花了，笑把蘭篙學刺船〔三〕。

【注】

〔一〕太一：宫中池名。

〔二〕澹澹：蕩漾貌。

〔三〕把：握，持。刺船：撑船。《莊子·漁父》：「乃刺船而去，延緣葦間。」

姑汾漫士王琢 六首

琢字器之，平陽人〔一〕。與毛牧達同時相友善〔二〕。天性孝友〔三〕，爲鄉里所稱。酷嗜讀書，往往手自抄寫。家素貧乏，而能以剛介自持〔四〕，未嘗有所丐貸〔五〕。時命不偶〔六〕，年四十五以病卒。士論惜之。有《姑汾漫士集》行于世。所著《中聖人賦》，今世少有能到者。詩好押强韻〔七〕，務以馳騁爲工〔八〕。《七月十五夜看月》云：「歷樹有驚鵲，悄鄰無吠尨〔九〕。」《對雨》云：「春雨薄如夢，曉雲閑似愁。」《秋霖》云：「窗寒知氣重，人静覺泥深。」《驟雨》云：「雹點撒冰彈，電光飛火繩。」《春陰》云：「庭澹梨花月，樓寒燕子風。」《久雨》云：「練掛遮檐直，麻懸到地齊〔一〇〕。」此類甚多。

【注】

〔一〕平陽：金府名，屬河東南路，治今山西省臨汾市。

〔二〕毛牧達：毛麾，字牧達，號平水老人。平陽府臨汾縣（今山西省臨汾市堯都區）人。授太常博士兼校書郎，與王琢友善。《中州集》卷七有小傳。

〔三〕孝友：事父母孝順，對兄弟友愛。《詩・小雅・六月》：「侯誰在矣，張仲孝友。」毛傳：「善父母爲孝，善兄弟爲友。」

〔四〕剛介：剛直有骨氣。自持：自守，自固。

〔五〕丐貸：請求資助。

〔六〕不偶：指命運不好。

〔七〕强韻：險韻，生僻少用的韻。

〔八〕馳騁：指在某一領域縱橫自如，能充分發揮才能。

〔九〕吠尨：亦作「吠厖」。吠叫的狗。語本《詩・召南・野有死麕》：「舒而脱脱兮，無感我帨兮，無使尨也吠。」

〔一〇〕麻懸：即懸麻，懸麻雨，指大雨。以其密集如麻，故稱。

元夜雪〔一〕

寶燈樓閣澹連雲〔二〕，轉盼俄驚糝玉塵〔三〕。遊伎行歌俱失意〔四〕，蔬畦麥壠自知春。良宵不肯平平過〔五〕，造物應誇着着新〔六〕。獨有中天端正月，一尊梅影屬閑人〔七〕。

【注】

〔一〕元夜：即元宵。宋歐陽修《生查子・元夕》詞：「去年元夜時，花市燈如晝。」

〔二〕連雲：與天空之雲相連，形容樓高。《文選·潘岳·秋興賦》：「高閣連雲，陽景罕曜。」張銑注：「閣高故稱連雲。」

〔三〕轉盼：猶轉眼，喻時間短促。糝：散落。玉塵：喻雪。唐白居易《酬皇甫十早春對雪見贈》：「漠漠復雰雰，東風散玉塵。」

〔四〕遊伎：出遊的藝伎。行歌：指邊走邊唱者。失意：謂心情不好。

〔五〕良宵：指元宵節的夜晚。平平：像普通日子那樣平平淡淡。

〔六〕造物：造物者，大自然。着着：樣樣。

〔七〕梅影：梅花之疏影。

和張仲宗雪詩，不用體物諸字〔一〕

天人應卜歲〔二〕，出此當佳占〔三〕。無巧穿幽隙〔四〕，堆寒壓短檐。閑門誰擁篲〔五〕，醉館自開簾。比興非無物〔六〕，詩人正避嫌〔七〕。

【注】

〔一〕張仲宗：其人不詳。體物：對事物描摹。晉陸機《文賦》：「詩緣情而綺靡，賦體物而瀏亮。」

〔二〕天人：指天道和人事之間的預兆感應等關係。卜歲：在一年的開始占卜全年的吉凶。宋王明清《揮麈後録》卷六：「楚俗，過元夕第三夜，多以更闌時微行聽人語言，以卜一歲之通塞。」

〔三〕「出此」句：謂新春瑞雪，卜歲應屬吉利之占。

〔四〕「無巧」句：謂雪花直落無巧，其寒濕之氣卻能横穿幽深的牆縫，砭人肌骨。

〔五〕擁篲：《史記・孟子荀卿列傳》：「（騶衍）如燕，昭王擁彗先驅，請列弟子之座而受業。」司馬貞索隱：「彗，帚也。謂爲之掃地，以衣袂擁帚卻行，恐塵埃之及長者，所以爲敬也。」彗同「篲」。句言自己的門庭冷落，有誰禮賢下士，爲我掃雪。

〔六〕比興：中國古典詩歌創作傳統的兩種表現手法。比，以彼物比此物；興，先言他物，以引起所詠之辭。南朝梁劉勰《文心雕龍・比興》：「故比者，附也；興者，起也。附理者，切類以指事；起情者，依微以擬議。」唐劉知幾《史通・叙事》：「昔文章既作，比興由生。鳥獸以媲賢愚，草木以方男女。詩人騷客，言之備矣。」句扣詩題，言雖用比興典故，但句句緊扣「雪」而來。

〔七〕避嫌：指詩題中所言「不用體物諸字」。

同漕使趙中憲對雪〔一〕

投隙穿窗苦見侵〔二〕，向無湘酎若爲禁〔三〕。花多不入貧家眼，歲好方知造物心①〔四〕。躍馬共思追兔跡〔五〕，抱戈誰與置羊斟〔六〕。新詩與雪爭奇峭〔七〕，擁褐空齋得細吟〔八〕。又一詩：「南華夢好初飛蝶，閬苑春閑又落花。」似勝前詩，恨終篇不能完好耳。

【校】

① 物：毛本作「化」。

【注】

〔一〕趙中憲：其人不詳。漕使：管理催征賦税、出納錢糧、辦理上供以及漕運的官署或官員。金之轉運司習稱漕司。

〔二〕「投隙」句：謂雪花的陰寒之氣從牆縫、門窗中鑽進來，砭人肌骨。

〔三〕湘酎：美酒名，産自湖南衡州。宋歐陽修《送劉學士知衡州》：「湘酎自古醇，醽水聞名久。」句言没有美酒以敵寒氣，怎堪承受。

〔四〕造物：造物主，大自然。句言瑞雪兆豐年，由此可知上天的仁民愛物之意。

〔五〕「躍馬」句：北周庾信《伏聞遊獵》：「虞旗喜旦晴，獵馬向山横……雪平尋兔跡，林叢聽雉聲。」

〔六〕抱戈：《新唐書·李愬傳》：「會大雨雪，天晦，凛風偃旗裂膚，馬皆縮慄。士抱戈凍死于道十一二。」羊斟：春秋時宋人。鄭伐宋，宋華元、樂吕禦之。羊斟爲華元御，華元殺羊以饗士而不及斟。將戰，斟曰：「疇昔之羊，子爲政。今日之事，我爲政。」馳入鄭師，宋遂敗。見《左傳·宣公二年》。

〔七〕奇峭：謂筆墨雄健而不同流俗。

〔八〕擁褐：穿着粗布衣服。

癸酉歲大熱〔一〕

似動不動雲蒸空，欲雨未雨天無風。時時日脚蹴雲破〔二〕，一射萬土紅爐中〔三〕。纖絺掛體劇重鎧〔四〕，大屋僅可爲樊籠〔五〕。積冰爲丘坐自潰〔六〕，輕箑況得微涼通〔七〕。山林亦聞有暍死〔八〕，城市偪側宜無容〔九〕。吾生於熱亦屢度，此熱盡可並前鎔〔一〇〕。雖然一氣播常令，頓作駭異疑非公〔一一〕。曾聞天南有祝融，出入毒霧騎雙龍〔一二〕。自從鼎去昧神怪，無乃煽虐行心胸〔一三〕。手摇斗柄酌炎海〔一四〕，力逐熛怒乘離宫〔一五〕。喜爲鬱蒸怒爲火〔一六〕，流爍金石乾河洪〔一七〕。熾昌自欲弄朱夏〔一八〕，驕蹇未肯官炎農〔一九〕。霞煙灼灼燥昏曉〔二〇〕，鳥獸喘喘茫西東〔二一〕。此而不制滿三伏〔二二〕，遂恐百物隨枯蓬〔二三〕。太白之兵攢萬鋒〔二四〕，銀河之浪滔無窮，可洗虐焰夷姦凶〔二五〕。我欲呼愬煩神功〔二六〕，耽耽九虎天關重〔二七〕。

【注】

〔一〕癸酉：天德五年（一一五三）歲次癸酉。

〔二〕日脚：太陽穿過雲隙射下來的光綫。唐岑參《送李司諫歸京》：「雨過風頭黑，雲開日脚黄。」

〔三〕紅爐：燒得很旺的火爐。

〔四〕纖絺：纖細葛布做的衣服。句言披着薄衣也劇熱難耐，如披着沉重的鎧甲。

〔五〕僅可：幾可。樊籠：關鳥獸的籠子。

〔六〕「積冰」句：句言儘管把消暑的冰塊累積如山，也很快融化，於解熱無助。

〔七〕箑：扇子。

〔八〕暍死：中暑而死。《漢書·武帝紀》：「(元封四年)夏，大旱，民多暍死。」顔師古注：「中熱而死也。」

〔九〕偪側：擁擠。

〔一〇〕鎔：熔化。二句言今之酷熱完全可以説是以前屢經熱度之和。

〔一一〕一氣：古人把陰陽二氣的消長盛衰派入節氣，到夏至時屬陽極陰生之際，故謂此時曰一氣。二句言陽氣極盛于此季，理當大熱，自己之驚駭、責怪、懷疑並非公允。

〔一二〕「曾聞」二句：《山海經·海外南經》：「南方祝融，獸身人面，乘兩龍。」祝融：本名重黎，上古帝王，以火施化，號赤帝，後尊爲火神、夏神。

〔一三〕「自從」二句：鼎去：即鼎成龍去。《史記·封禪書》：「黄帝采首山銅，鑄鼎於荆山下。鼎既成，有龍垂胡髯下迎黄帝。黄帝上騎，群臣後宫從上者七十餘人，龍乃上去。」《淮南子·時則訓》「赤帝祝融之所司者」高誘注：「祝融，顓頊之孫，一名黎，爲高辛氏(帝嚳)火正，號爲祝融，死爲火神。」昧：《淮南子·原道訓》：「神非其所宜而行之則昧。」無乃：表示委婉測度語氣，相當於「莫非」、「恐怕是」。二句言祝融在黄帝升天後，蒙昧不明神靈與鬼怪之界限，恐怕其一味煽火是想四處發威吧。

〔一四〕斗柄：指北斗七星中玉衡、開陽、摇光三星。炎海：喻酷熱。唐吴兢《樂府古題要解・苦熱行》：「備言流金鑠石、火山炎海之艱難也。」句反用《詩・小雅・大東》「維北有斗，不可能挹酒漿」，謂祝融以北斗爲勺取酒澆灌火海，使火勢更盛。

〔一五〕熛怒：赤熛怒的省稱。古謂五方帝之一，指南方赤帝，司夏。《周禮・春官・小宗伯》「兆五帝於四郊」漢鄭玄注：「五帝……赤曰赤熛怒，炎帝食焉。」乘：侵犯。離宫：指原南方赤帝所居宫位。

〔一六〕鬱蒸：悶熱。《素問・五運行大論》：「其令鬱蒸。」王冰注：「鬱，盛也；蒸，熱也。言盛熱氣如蒸。」

〔一七〕流爍金石：流金爍石。指温度極高，能將金石熔化。形容天氣酷熱。《楚辭・招魂》：「十日代出，流金鑠石些。」王逸注：「鑠，銷也。言東方有扶桑之木，十日並在其上，以次更行，其熱酷烈，金石堅剛，皆爲鑠釋也。」

〔一八〕熾昌：熱盛。朱夏：夏季。《爾雅・釋天》：「夏爲朱明。」句言祝融個人欲望惡性膨脹，欲取代南方赤帝之位。

〔一九〕驕蹇：傲慢，不順從。《公羊傳・襄公十九年》：「爲其驕蹇，使其世子處乎諸侯之上也。」《漢書・淮南厲王劉長傳》：「自以爲最親，驕蹇，數不奉法。」顔師古注：「蹇謂不順也。」炎農：炎帝神農氏的省稱，此處蓋籠統而言，不是具體確指。上引《淮南子・時則訓》言祝融爲帝嚳之火正。《管子・王行》又載，黃帝得祝融而辯於南方。句言祝融驕橫不馴，不滿足其南方火官之職。

〔一〇〕灼灼：炙熱貌。《醫宗金鑑・四診心法要訣上》：「熱無灼灼，寒無滄滄。」

〔一一〕喘喘：呼吸急促。

〔一二〕不制：不調控制約。三伏：即初伏、中伏、末伏。農曆夏至後第三庚日起爲初伏，第四庚日起爲中伏，立秋後第一庚日起爲末伏。一年中最熱的時候。

〔一三〕枯蓬：枯乾的蓬草。

〔一四〕太白：古星象家以爲太白星主殺伐，故多以喻兵戎。攢：簇聚，聚集。《文選・張衡・西京賦》：「攢珍寶之玩好。」薛綜注：「攢，聚也。」

〔一五〕虐焰：殘暴的氣焰。姦凶：指肆虐不馴的祝融。

〔一六〕呼愬：呼吁、申訴。神功：神靈的功力。

〔一七〕「耽耽」句：《楚辭・招魂》：「魂兮歸來，君無上天些。虎豹九關，啄害下人些。」王逸注：「言天門凡有九重，使神虎豹執其關閉。」二句意同屈原《離騷》「吾令帝閽開關兮，倚閶闔而望予」，謂自己欲上天呼喚天神消除酷熱，但天門九關守門之虎怒目而視，欲達而不能。

辛未九月二十一日雪〔一〕

幾日西郊霧，連宵北牖風〔二〕。菊花猶泛酒〔三〕，雪片忽填空〔四〕。草樹秋容失〔五〕，河關曉氣濛〔六〕。聽初疑落葉，仰不辨高鴻〔七〕。爛漫三冬意〔八〕，憑淩百圃功〔九〕。披裘赴雞黍〔一〇〕，掃徑惜籬叢〔一一〕。豈料玄英巧〔一二〕，來爭白帝雄〔一三〕。剪裁渾草草〔一四〕，飛舞太匆匆〔一五〕。祇作干時令〔一六〕，非關兆歲豐〔一七〕。冬雷怪相似〔一八〕，春雹冷應同①〔一九〕。安得蛟龍蟄〔二〇〕，何由翳靄通〔二一〕。日華升赤壁〔二二〕，天色湛青銅〔二三〕。尚有登臨興，寧無賦詠工。煙霞狂醉嘯〔二四〕，一發醉顏紅〔二五〕。

【校】

① 雹：底本原作「雹」，形似致誤，從毛本。

【注】

〔一〕辛未：天德三年（一一五一）歲次辛未。

〔二〕連宵：猶通宵。北牖：指朝北的窗。句謂刮了一整夜的北風。

〔三〕泛酒：古人重陽或端午宴飲之酒，多以菖蒲或菊花等浸泡，因稱「泛酒」。唐皎然《九日與陸處士羽飲茶》：「九日山僧院，東籬菊也黄。俗人多泛酒，誰解助茶香。」

〔四〕填空：充滿天地之間。

〔五〕秋容：猶秋色，秋天的景色。

〔六〕曉氣：清晨的霧氣。

〔七〕高鴻：高飛的鴻雁。

〔八〕爛漫：指雪花飄飛之雜亂繁多貌。宋葉適《祈雪文》：「淳紹之交，大雪爛漫，平地累尺，而人以過寒爲患。」句言雪花紛飛，像隆冬之季。

〔九〕憑凌：侵犯，欺侮。句言大雪將秋季五彩繽紛的菜園都染成白色。

〔一〇〕雞黍：黍亦稱黄米。殺雞爲菜，炊黍爲飯，乃農家待客的豐盛食品。《論語·微子》：「（丈人）止子路宿，殺雞爲黍而食之。」後泛指友人的招待。唐孟浩然《過故人莊》：「故人具雞黍，邀我至田家。」

〔一一〕「掃徑」句：言掃開院中的雪路時，對籬笆内叢開的菊花被雪侵凌甚感惋惜。

〔一二〕玄英：謂冬天。《爾雅·釋天》：「冬爲玄英。」邢昺疏：「言冬之氣和則黑而清英也。」

〔一三〕白帝：古人以西方爲白帝，主秋。二句謂冬雪來得太早，搶了秋天的風頭。

〔一四〕剪裁：泛指製作安排。渾：都。草草：草率。

〔一五〕匆匆：倉卒，急急忙忙。二句言秋日之雪花來得太早，花瓣不玲瓏剔透，飄落時亦太急太直。

〔一六〕干時：違背節令，違背大自然的法則與規律。

〔一七〕兆歲豐：諺有「瑞雪兆豐年」句。二句謂雪下的不是時候，違背了節令，並非瑞雪。

〔一八〕冬雷：冬天打雷，俗稱「冬打雷」、「雷打冬」。民諺有：「冬天打雷，雷打雪。」「雷打冬，十個牛欄九個空。」言冬天打雷易致雪災。

〔一九〕春雹：發生在春季的冰雹。二句言秋雪之不吉利如同冬雷春雹。
〔二〇〕蛟龍：古代傳説的兩種動物，居深水中。相傳蛟能發洪水，龍能興雲雨。蟄：蟄伏。深藏水底。
〔二一〕翳靄：雲翳霧靄。二句言如何才能使掌管雲雨雷電的蛟龍蟄伏不興，使天空雲開霧散。
〔二二〕日華：太陽的光華。赤壁：指陽光照紅的牆壁或山崖。
〔二三〕湛：深藍。句言使天色萬里無雲，一片湛藍。
〔二四〕煙霞：山水勝景，泛指山水、山林。
〔二五〕醉顏：醉後的面色。

雨夕感寓〔一〕

漠漠初燈後〔二〕，森森細點飄〔三〕。繁聲入遥夜〔四〕，冷簟怳秋宵〔五〕。起欲吟相和〔六〕，吁無客可招。何曾洗兵馬〔七〕，但覺漏薪蕘〔八〕。雷電初無預〔九〕，炎蒸遂不驕〔一〇〕。瀉檐鏘未歇〔一一〕，欹枕兀無聊〔一二〕。澗已山輸潦〔一三〕，堤應水没橋。長林倦今夕，孤鳥撼驚條。似我纏憂戚〔一四〕，因貧墮寂寥〔一五〕。避人猶虺蜴〔一六〕，擇宿等鷦鷯〔一七〕。共世難曹禰〔一八〕，無才匹管蕭〔一九〕。苦心還自笑，末俗本多囂〔二〇〕。未老愁摧鬢〔二一〕，長飢帶臢腰〔二二〕。牀寒少陵被〔二三〕，飲陋子淵瓢〔二四〕。射策初游漢〔二五〕，潛山敢傲堯〔二六〕。鹽車竟垂耳〔二七〕，風鷁忌干霄〔二八〕。一室元空掃〔二九〕，千鍾豈易要〔三〇〕。芳蘭逼憔悴〔三一〕，尺鷃失逍遥〔三二〕。字對諸生識〔三三〕，詩煩衆手琱〔三四〕。搜求勞腎胃〔三五〕，戛擊謝咸韶〔三六〕。舊弄新絃掩〔三七〕，窮途拙目摇〔三八〕。爭爲壯夫篆〔三九〕，只使古風澆〔四〇〕。血指甘時巧〔四一〕，包羞愴道消〔四二〕。優游能卒歲〔四三〕，三四儘論朝〔四四〕。故幔幽霖透〔四五〕，長檠暗燼挑〔四六〕。不辭牆出菌，儻見穀抽苗〔四七〕。饜飫貪夫腹〔四八〕，翻騰樂歲謡〔四九〕。晴樓交燕雀〔五〇〕，涼樹沸蟬蜩〔五一〕。坐快虹蜺出〔五二〕，憂無荓梗漂〔五三〕。浩歌彌激烈〔五四〕，興在海門潮〔五五〕。

【注】

〔一〕雨夕：雨夜。感寓：寄託感慨。

〔二〕漠漠：霧氣迷蒙貌。杜甫《茅屋爲秋風所破歌》：「俄頃風定雲墨色，秋天漠漠向昏黑。」

〔三〕森森：形容雨點衆多、繁密。晉張協《雜詩》其四：「翳翳結繁雲，森森散雨足。」

〔四〕繁聲：密集繁雜的雨聲。

〔五〕簟：供坐卧鋪墊用的葦席或竹席。《詩·小雅·斯干》：「下莞上簟，乃安斯寢。」鄭玄箋：「竹葦曰簟。」怳：驚貌。宵：夜。

〔六〕相和：此唱彼和。蘇軾《和黄魯直燒香》其一：「且復歌呼相和，隔牆知是曹參。」

〔七〕洗兵馬：即洗兵。傳説周武王出師遇雨，認爲是老天洗刷兵器，後擒紂滅商，戰爭停息。事見漢劉向《説苑·權謀》。後遂以「洗兵」表示勝利結束戰爭。

〔八〕薪蕘：薪柴，柴草。此處代指茅草屋。

〔九〕無預：没有預兆。句言這場雨來前没有響雷閃電，悄然而至。

〔一〇〕炎蒸：暑熱薰蒸。北周庾信《奉和夏日應令》：「五月炎蒸氣，三時刻漏長。」驕：强烈。

〔一一〕鏘：指發出響亮清越的聲音。此謂檐間流水聲。

〔一二〕攲枕：斜靠枕頭。兀：昏沉貌，癡呆貌。

〔一三〕輸：流瀉。《文選·張衡·南都賦》：「流湍投濈，砏汃輣軋，長輸遠逝，漻淚減汩。」李善注引《廣雅》：「輸，寫也。」潦：雨水大貌。亦指雨後的大水。《禮記·曲禮上》：「水潦降，不獻魚鼈。」

〔一四〕憂戚：憂愁煩惱。

〔一五〕寂寥：冷落蕭條。

〔一六〕虺蜴：蜥蜴。《詩·小雅·正月》：「哀今之人，胡爲虺蜴。」孔穎達疏：「虺蜴之性，見人則走，民聞王政，莫不逃避，故言爲虺蜴也。」

〔一七〕「擇宿」二句：本《莊子·逍遥遊》：「鷦鷯巢于深林，不過一枝；偃鼠飲河，不過滿腹。」唐白居易《自題小草亭》：「螻蟻謀深穴，鷦鷯占小枝。各隨其分足，焉用有餘爲？」鷦鷯：小鳥名。喜居深林，巧於築巢。二句言己怕人傷害，躲避官場，如同虺蜴；隨分知足，不貪多餘，如同鷦鷯。

〔一八〕共世：共處一世。曹禰：曹操和禰衡。禰衡看不起曹操，終不爲曹操所容，借黄祖手殺之。

〔一九〕管蕭：管仲和蕭何的並稱。二人均得到其君齊桓公、漢高祖的充分信任，得以施展才華，遂爲名相。

〔二〇〕「末俗」句：謂末世時亂之際，世風澆薄，人心叵測，很難共事。晉葛洪《抱朴子・明本》：「末俗偷薄，雕僞彌深。」

〔二一〕摧鬢：指鬢角生白髮，呈現老態。

〔二二〕帶：腰帶。賸：通「剩」，多餘。句謂因長期饑餓而消瘦，腰帶越來越長。

〔二三〕少陵：杜甫，自號少陵野老。少陵被：指杜詩中冷破、僵硬的布被。杜甫《茅屋爲秋風所破歌》：「布衾多年冷似鐵，嬌兒惡卧踏裏裂。」

〔二四〕子淵瓢：顔回瓢飲。顔回字子淵，春秋末魯國人，孔子最得意弟子之一。《論語・雍也》：「一簞食，一瓢飲，在陋巷，人不堪其憂，回也不改其樂。」

〔二五〕射策：漢代考試取士方法之一。《漢書・蕭望之傳》：「望之以射策甲科爲郎。」顔師古注：「射策者，謂爲難問疑義書之於策，量其大小署爲甲乙之科，列而置之，不使彰顯。有欲射者，隨其所取得而釋之，以知優劣。射之，言投射也。」後泛指科舉考試。遊漢：指入漢都赴試。

〔二六〕「潛山」句：傳説堯曾让天下給許由，許由不受，遂遁耕于中岳潁水之北，箕山之下。見晉皇甫謐《高士傳・許由》。二句言自己曾赴金都舉試，以期出仕爲官，哪敢像上古許由那樣決意歸隱山林、堯雖有招而不出呢？

〔二七〕「鹽車」句：用千里馬典故，比喻賢才屈沉下僚、無用武之地。《戰國策・楚策四》：「夫驥之齒至矣，服鹽車而上太行。蹄申膝折，尾湛胕潰，漉汁灑地，白汗交流，中阪遷延，負轅不能上。伯樂遭之，下車攀而哭之，解紵衣以冪之。」垂耳：兩耳下垂。形容馴服的樣子。唐張九齡《酬王六霽後書懷見示》：「作驥君垂耳，爲魚我曝鰓。」

〔二八〕「風鷁」句：《左傳・僖公十六年》：「六鷁退飛，過宋都，風也。」杜預注：「鷁，水鳥。高飛遇風而退，宋人以爲災。」句言自己本有高飛之材，意欲前進，卻不得不因高天風急而被迫後退。

〔二九〕「一室」句：暗用陳蕃典故，謂自己原有大志，不屑瑣事。《後漢書・陳蕃傳》：「蕃年十五，嘗閑處一室，而庭宇蕪穢。父友同郡薛勤來候之，謂蕃曰：『孺子何不灑掃以待賓客？』蕃曰：『大丈夫處世，當掃除天下，安事一室乎？』」

〔三〇〕千鍾：指優厚的俸禄。要：求取。

〔三一〕芳蘭：蘭花。古人常以喻君子。

〔三二〕「尺鷃」句：《莊子・逍遥遊》：「斥鴳笑之曰：『彼且奚適也？我騰躍而上，不過數仞而下，翱翔蓬蒿之間，此亦飛之至也。而彼且奚適也？』」尺鷃：斥鷃，小雀。句言自己現在淪爲苟且偷安的斥鷃，再無鯤鵬翱翔藍天的壯志了。

〔三三〕諸生：衆儒生，衆弟子。

〔三四〕琱：治玉，引申爲雕刻及推敲修飾文辭。

〔三五〕「搜求」句：言作詩時苦思冥想，費盡心血。

〔三六〕戛擊：敲擊。《書·益稷》：「戛擊鳴球，搏拊琴瑟以詠。」蔡沈集傳：「戛擊，考擊也。」謝：慚愧。《文選·顔延之·贈王太常》：「屬美謝繁翰，遥懷具短札。」李善注：「謝，猶慚也。」吕向注：「愧我無繁辭之翰綴屬君之美事。」咸韶：堯樂《大咸》與舜樂《大韶》的並稱。句言其詩與盡善盡美的《咸》、《韶》相比，相差太遠，甚感慚愧。

〔三七〕弄：樂曲，曲調。掩：撫。《楚辭·九章·悲回風》：「終長夜之曼曼兮，掩此哀而不去。」洪興祖補注：「掩，撫也。」

〔三八〕窮途：絶路。比喻處於極爲困苦的境地。拙目：眼光短淺。上四句暗用《史記·伍子胥列傳》「吾日暮途遠，吾故倒行而逆施之」，謂其爲詩本以上古詩人爲準，不想只重辭藻等形式而忽略了人生境界，卻如同用新絃想彈奏出古樂之美，結果事倍功半，以致目標尚遠而已力竭計窮，只能望洋興歎。

〔三九〕「爭爲」句：典出漢揚雄《法言·吾子》：「或問：『吾子少而好賦？』曰：『然。童子雕蟲篆刻。』俄而曰：『壯夫不爲也。』」雕蟲篆刻：指作辭賦時苦心孤詣地雕章琢句。此爲微不足道的小事，丈夫不爲。壯夫：成年人。

〔四〇〕古風：指質樸淳古的習尚、氣度和文風。澆：澆薄。指詩風浮薄。

〔四一〕血指：血指汗顔。手指出血，指特別刻苦用功致力於詩作。唐韓愈《祭柳子厚文》：「不善爲斲，血指汗顔，巧匠旁觀，縮手袖間。」時巧：時俗工巧。《楚辭・離騷》：「固時俗之工巧兮，偭規矩而改錯。」

〔四二〕包羞：忍受羞辱。《易・否》：「六三，包羞。《象》曰：『包羞，位不當也。』」孔穎達疏：「位不當所包承之事，惟羞辱已。」道消：指古人詩風的衰落和消亡。

〔四三〕優遊能卒歲：優遊卒歲。指悠閒度日。語自《詩・小雅・采菽》：「優哉遊哉，聊以卒歲。」

〔四四〕三四：再三再四，一再。句本唐儲光羲《同王十三維偶然作十首》其八：「莫問身後事，且論朝夕是。」及《論語・里仁》「子曰『朝聞道夕死可矣』」。

〔四五〕「故幔」句：言破舊的窗門簾被持久不息的夜雨打透。

〔四六〕長檠：油燈的代稱。檠：托燈盤的立柱。立柱長者爲長檠，短者爲短檠。韓愈《短燈檠歌》説：「長檠八尺空自長，短檠二尺便且光。」燼：燈花。句言燈撚燃久結花，燈光發暗，屢次撥花挑起燈撚。

〔四七〕儻見：或許能看到。

〔四八〕饜飫：儘量滿足口腹需要，感到飽足。貪夫：貪食、貪婪者。

〔四九〕樂歲：豐年。

〔五〇〕燕雀：燕與雀，泛指小鳥。

〔五一〕沸：鳴聲持續不斷如鼎中湯沸。蜩：蟬。

〔五二〕虹蜺：即蝃蝀。爲雨後或日出、日没之際天空中所現的七色圓弧。

〔五三〕萍梗：浮萍斷梗。句言自己再無四處漂泊之憂。

〔五四〕「浩歌」句：用杜甫《自京赴奉先縣詠懷五百字》詩句：「取笑同學翁，浩歌彌激烈。」言自放聲高歌，情調特别高昂激烈。

〔五五〕海門：内河通海之處。句言自己心潮翻騰，興致激昂，如同錢塘江的八月潮水一般壯闊。

吕中孚 九首

中孚字信臣，冀州南宫人〔一〕。孝友純至，迄今爲鄉人所稱。累舉不第，以詩文自娱。有《清漳集》行於世。其賦《紅葉》云：「張園多古木，蕭寺半斜陽。」先君子甚愛之〔二〕。

【注】

〔一〕南宫：金縣名，屬河北東路河間府冀州。今河北省南宫縣。

〔二〕先君子：稱自己或他人的已去世的祖父。《禮記·檀弓上》：「門人問諸子思曰：『昔者子之先君子喪出母乎？』」孔穎達疏：「子之先君子，謂孔子也。」亦以自稱已去世的父親。宋邵伯温《聞見前録》序：「伯温蚤以先君子之故，親接前輩。」此指元氏生父元德明。

小景〔一〕

青蕪平野四圍山〔二〕，山郭依依紫翠間〔三〕。村遠路長人去少，一竿斜日酒旗閑〔四〕。

【注】

〔一〕小景：指小幅山水風物畫。

〔二〕青蕪：雜草叢生貌。平野：平坦廣闊的原野。

〔三〕山郭：山城，山村。依依：依稀貌，隱約貌。晉陶潛《歸園田居》其一：「曖曖遠人村，依依墟里煙。」

〔四〕酒旗：即酒簾，酒幌。古代酒店的標幟。

春月

柳塘漠漠暗啼鴉〔一〕，一鏡晴飛玉有華〔二〕。好是夜闌人不寐〔三〕，半庭寒影在梨花。

【注】

〔一〕漠漠：水氣迷濛貌。

〔二〕一鏡晴飛：謂圓月當空，天晴無雲。玉有華：月之光華如玉。

〔三〕好是：喜好此景。

水聲

長陂千頃碧淙淙〔一〕，浪卷秋風過石矼〔二〕。記得夜來愁聽處，一燈明滅照寒窗。

【注】

〔一〕陂：水塘。淙淙：流水聲。

〔二〕石矼：即石杠，石橋。《爾雅・釋宫》：「石杠謂之徛。」郭璞注：「聚石水中，以爲步渡彴也。《孟子》曰：『歲十月徒杠成。』或曰今之石橋。」

雪

隨風拂拂玉花飄〔一〕，入夜寒窗更寂寥〔二〕。爐火已殘燈未燼，一簾疏竹白蕭蕭〔三〕。

【注】

〔一〕拂拂：風吹動貌。

〔二〕寂寥：寂靜無聲；沉寂。

〔三〕蕭蕭：形容淒清、寒冷。

送李嘉甫 信都令耘甫之弟〔一〕

溪水碧於草，溪邊送客行。寫詩傳别意，把酒聽歌聲。去路青天遠，歸心白羽輕〔二〕。尊前折楊柳〔三〕，一一是離情。

【注】

〔一〕李嘉甫：信都令李耘甫之弟，餘不詳。信都：金縣名，屬河北東路冀州，今河北省冀州市。

〔二〕白羽輕：唐高蟾《灞陵亭》：「一條歸夢朱絃直，一片離心白羽輕。」句言友人歸心似箭。《文選・司馬相如・上林賦》：「彎蕃弱，滿白羽，身遊梟。」郭璞注：「以白羽爲箭，故言白羽也。」

〔三〕折楊柳：古横吹曲名。傳説漢代張騫從西域傳入《德摩訶兜勒曲》，李延年因之作新聲二十八解，以爲武樂。魏晉時古辭亡失。晉太康末，京洛有《折楊柳》歌，辭多言兵事勞苦。南朝梁、陳和唐多爲傷春惜别之辭，與古人折柳贈别的習俗有關。參閲《樂府詩集・横吹曲辭二・折楊柳》。

寫懷〔一〕

秦川西去遠〔二〕，不意過漳川〔三〕。歸夢三千里，羈愁二十年。謀生空白髮，行路若青天〔四〕。餘事休相問，相留只醉眠。

【注】

〔一〕寫懷：抒發情懷。

〔二〕秦川：指今陝西、甘肅的秦嶺以北平原地帶。因春秋、戰國時地屬秦國而得名。

〔三〕漳川：金縣名，宋太平興國初年，曾在此地築城。今甘肅天水市張家川回族自治縣。

〔四〕「行路」句：暗用李白《行路難》其二：「大道如青天，我獨不得出。」

梨花

等待清明得得芳〔一〕，團枝晴雪暖生香。洗妝自有風流態〔二〕，卻笑紅深睡海棠〔三〕。

【注】

〔一〕得得：任情自得貌。

〔二〕洗妝：洗除妝飾。

〔三〕紅深睡海棠：宋釋惠洪《冷齋夜話》引《太真外傳》：「上皇登沉香亭，詔太真妃子……妃子醉顔殘妝，鬢亂釵横，不能再拜。上皇笑曰：『豈是妃子醉，真海棠睡未足耳。』」（今本《太真外傳》佚此文）二句用此及白居易《長恨歌》「玉容寂寞淚闌干，梨花一枝春帶雨」，以楊貴妃洗滌素妝比濃抹豔妝更美，言梨花素潔天然甚好，海棠之紅有求媚邀寵之態，令人可笑。

集句〔一〕

騷人吟罷起鄉愁〔二〕，百感中來不自由〔三〕。一種人間太平日〔四〕，滿衣塵土避公侯〔五〕。

【注】

〔一〕集句：謂集前人詩句以成篇什。宋嚴羽《滄浪詩話·詩體》：「有擬古，有連句，有集句，有分題。」宋沈括《夢溪筆談·藝文一》：「荆公始爲集句詩，多者至百韻，皆集合前人之句。」

〔二〕「騷人」句：唐許渾《竹林寺别友人》：「騷人吟罷起鄉愁，暗覺年華似水流。」

〔三〕「百感」句：唐杜牧《登池州九峰樓寄張祜》：「百感中來不自由，角聲孤起夕陽樓。」

〔四〕「一種」句：唐羅隱《寄張侍郎》：「一種人間太平日，獨教零落憶滄洲。」

〔五〕「滿衣」句：唐李山甫《曲江二首》：「獨向江邊最惆悵，滿衣塵土避王侯。」其「公侯」或另有所本。

二句亦「一輪紅日照九州，幾家歡樂幾家愁」之意。

柳

風外絲絲裊緑煙〔一〕，輕花初破不成綿〔二〕。卻嫌官路逢寒食〔三〕，惱亂離愁似去年〔四〕。

【注】

〔一〕裊：形容細長柔軟的柳條隨風擺動。

〔二〕輕花：柳花，初生有黄蕊者也。綿：即柳絮。

〔三〕官路：官修的大道。金代官道兩旁多植柳。元好問《出都》：「官柳青青莫回首，短長亭是斷腸亭。」寒食：寒食節。在清明前一二日，有禁煙、寒食等習俗。

〔四〕惱亂：引逗，撩撥。宋楊萬里《釣雪舟倦睡》：「無端卻被梅花惱，特地吹香破夢魂。」

王元節 三首

元節字子元，弘州人〔一〕。祖山甫，遼户部侍郎。父詡，海陵朝左司員外郎。子元婿於南山翁〔二〕，傳其賦學。第進士〔三〕，雅尚氣節，不能從俗俯仰〔四〕，故仕不達。既罷密州觀察判官〔五〕，即閑居鄉里，以詩酒自娱。號遯齋老人，年五十餘卒。弟元德，亦第進士，有能名於時，終於南京路提刑使。

【注】

〔一〕弘州：金州名，屬西京路，治今河北省陽原縣。

〔二〕南山翁：劉撝，字仲謙，應州渾源（今山西省渾源縣）人。天會二年狀元，官至石州刺史。愛渾源山水幽勝，買田移居，晚號南山翁。《金史》卷一二六《王元節傳》：「幼穎悟，雖家世貴顯，而從學甚謹。渾源劉撝愛其才俊，以女妻之，遂傳其賦學。」劉祁《歸潛志》卷八：「次姑適襄陰王元節，亦名進士，能詩博學，嘗爲密州節度判官。」

〔三〕第進士：《金史》本傳作「天德三年詞賦進士」。

〔四〕從俗俯仰：隨俗之好惡，與世浮沉。

〔五〕密州：金州名，屬山東東路，治今山東省諸城市。

青冢〔一〕

環珮魂歸青冢月，琵琶聲斷黑山秋〔二〕。漢家多少征西將，泉下相逢也合羞〔三〕。

【注】

〔一〕青冢：漢王昭君墓，在今内蒙古呼和浩特市南。傳説昭君死後，葬於青河縣。此地多白草，而獨此冢常青，故名。杜甫《詠懷古跡》其三：「一去紫臺連朔漠，獨留青冢向黄昏。」仇兆鼇注：「《歸州圖經》：邊地多白草，昭君冢獨青。」

〔二〕「環珮」二句：傳説昭君善彈琵琶，出塞時彈奏以慰道路之思。晉石崇《王明君辭序》：「昔公主嫁烏孫，令琵琶馬上作樂，以慰其道路之思，其送昭君亦必爾也。其造新之曲多哀怨之聲。」杜甫《詠懷古跡》其三：「畫圖省識春風面，環珮空歸夜月魂。千載琵琶作胡語，分明怨恨曲中論。」黑山：即殺虎山，在内蒙古呼和浩特市東南，蒙古語爲阿巴漢喀喇山。二句言王昭君的懷鄉之魂在月下歸來，其如泣如訴、哀怨淒切的琵琶聲消失在秋季的黑山中。

〔三〕「漢家」二句：謂戍邊衛國乃將帥的分内之事，竟然讓一個弱女子去和親。他們死後與昭君相見亦應羞愧。

與党世傑軍判丁亭會飲〔一〕

望斷西州萬里家〔二〕，又將新火試新茶〔三〕。青油幕下成何事〔四〕，兩見常山山杏花〔五〕。

【注】

〔一〕党世傑：党懷英（一一三四——一二一一），字世傑，號竹溪，祖籍馮翊（今陝西省馮翊縣）人，後居奉符（今山東省泰安市）。大定十年進士，官至翰林學士承旨，世稱「党承旨」。工詩善文，兼工篆籀，著有《竹溪集》三十卷。《金史》卷一二五、《中州集》卷三有傳。党懷英中進士後，調莒州軍事判官。詩當作於大定十年王任密州觀察判官時。

〔二〕西州：指王元節家鄉弘州。

〔三〕新火試新茶：蘇軾《望江南·超然臺作》：「寒食後，酒醒卻咨嗟。休對故人思故國，且將新火試新茶，詩酒趁年華。」新火：古代鑽木取火，四季各用不同的木材，易季時新取之火稱新火。唐宋時俗，清明前一日禁火寒食，到清明節再起火賜百官，稱爲「新火」。

〔四〕青油幕：青油塗飾的帳幕，舊時借指將帥的幕府，此指王氏所在密州幕府。金制節度州下設觀察判官。

〔五〕常山：在密州（治今山東省諸城市）。蘇軾官密州時所作《祭常山回小獵》即指此。清顧祖禹《讀史方輿紀要·山東六·諸城縣》「常山」云：「縣西南三十里。宋熙寧八年蘇軾守密州，禱雨于此而應，因名。」

古鎮道中〔一〕

秀拔諸峰鎮海墩，海天水氣兩昏昏〔二〕。鷗飛翠竹白沙地，人宿黄魚紫蟹村〔三〕。向背雲山行處路〔四〕，淺深潮浦漲來痕。同游幸有能詩客，不倦躋攀到石門〔五〕。

【注】

〔一〕古鎮：清顧祖禹《讀史方輿紀要·山東七·膠州》「石臼島」下云：「又州東南九十里有薛家島，

橫伏入海，每爲行旅患。又古鎮島，在州東南百十里海中，有巡司戍守。志云：膠州濱海，石臼……古鎮、黄島、唐島之屬，皆其著者。」按王元節官密州觀察判官之行跡，應指此。

〔二〕昏昏：霧氣迷濛。

〔三〕「人宿」句：謂在漁村投宿。黄魚：海魚。分大黄魚、小黄魚兩種。也稱石首魚、黄花魚。黄魚紫蟹：泛指海鮮。

〔四〕「向背」句：言島山的南面和北面都有人行之路。

〔五〕躋攀：攀登。石門：疑指石臼島。清顧祖禹《讀史方輿紀要》謂在「州南百里海中」。

李端甫 一首

端甫字濟夫，同州人〔一〕。第進士。三王内恕及人牓〔二〕。仕爲平定州軍事判官〔三〕。工於詩，有「虎跡未乾溪水近，樵聲相答嶺雲深」之句。子實，字師白，死於壬辰之亂〔四〕。

【注】

〔一〕同州：金州名，屬京兆府路，治今陝西省大荔縣。

〔二〕三王内恕及人：李端甫及第時考試的題目。三王：指夏、商、周三代之君。一説爲夏禹、商湯、周武王。《穀梁傳·隱公八年》「盟詛不及三王」范寧注：「三王，謂夏、殷、周也。夏啓有鈞臺之亨，商湯有景亳之命，周武有盟津之會。」一説爲夏禹、商湯、周文王。《孟子·告子下》「五霸者，三王之罪人也」趙岐注：「三王，夏禹、商湯、周文王是也。」内恕及人：《孝經注疏》卷一《天子章》第二《疏》：「《正義》曰：此陳天子之孝也。所謂『愛親』者，是天子身行愛敬也。『不敢惡於人』、『不敢慢於人』者，是天子施化，使天下之人皆行愛敬，不敢慢惡於其親也。親，謂其父母也。言天子豈唯因心内恕，克己復禮，自行愛敬而已，亦當設教施令，使天下之人不慢惡於其父母。如此，則至德要道之教，加被天下。亦當使四海蠻夷，慕化而法則之。此蓋是天子之行孝也。」又，《漢書·晁錯傳》：「臣聞三王臣主俱賢，故合謀相輔，計安天下，莫不本於人情。人情莫不欲壽，三王生而不傷也；人情莫不欲富，三王厚而不困也；人情莫不欲安，三王扶而不危也；人情莫不欲逸，三王節其力而不盡也。其爲法令也，合於人情而後行之；其動衆使民也，本於人事然後爲之。取人以己，内恕及人。情之所惡，不以強人；情之所欲，不以禁民。是以天下樂其政，歸其德，望之若父母，從之若流水；百姓和親，國家安寧，名位不失，施及後世。此明於人情終始之功也。」

〔三〕平定：金州縣名，屬河東北路，今山西省平定縣。

〔四〕壬辰之亂：金哀宗天興元年歲次壬辰（一二三二）蒙古軍圍汴京。

太白扇頭〔一〕

巖冰澗雪謫仙才〔二〕，碧海騎鯨望不回〔三〕。今日霜紈見遺像〔四〕，飄然疑自月中來〔五〕。

【注】

〔一〕詩題：此爲詠畫詩。太白扇頭：繪有李白畫像的扇面。太白：李白字。

〔二〕巖冰澗雪：形容詩文辭意高雅清新。唐李咸用《覽友生古風》：「一卷冰雪言，清泠冷心骨。分明古雅聲，諷諭成淒切。」謫仙：指李白。唐孟棨《本事詩·高逸》：「李太白初自蜀至京師，舍於逆旅。賀監知章聞其名，首訪之。既奇其姿，復請所爲文。出《蜀道難》以示之。讀未竟，稱歎者數四，號爲『謫仙』。」

〔三〕「碧海」句：杜甫《送孔巢父謝病歸游江東兼呈李白》：「幾歲寄我空中書，南尋禹穴見李白。」清仇兆鼇注：「南尋句，一作『若逢李白騎鯨魚』。按：騎鯨魚，出《羽獵賦》。俗傳太白醉騎鯨魚，溺死潯陽，皆緣此句而附會之耳。」後用指李白之死。清施閏章《經李白墓》：「共説騎鯨捉月遊，孤墳細草野風秋。」

〔四〕霜紈：潔白精緻的細絹扇面。

〔五〕飄然：指李白飄飄欲仙的飄逸輕舉之態。李白《大鵬賦》序：「余昔於江陵見天台司馬子微，謂余有仙風道骨，可與神遊八極之表。」宋洪邁《容齋隨筆》卷三《李太白》：「世俗多言李太白在當塗采石，因醉泛舟於江，見月影，俯而取之，遂溺死，故其地有捉月臺。」句暗用此典。

楊澤州庭秀 二首

庭秀字德懋，華州人〔一〕，大定中進士〔二〕。學詩於蘭泉張吉甫〔三〕，有「渴心曉夢江湖闊，醉眼春風草木低」之句。泰和三年刺澤州〔四〕。致仕後閑居鄉里，坐爲楊珪詿誤被法〔五〕。士論冤惜之〔六〕。

【注】

〔一〕華州：金州名，屬京兆府路，治今陝西省華縣。

〔二〕大定中進士：楊庭秀中大定二十二年進士。詳參元蘇天爵《滋溪文稿》卷四《金進士蓋公墓記》。

〔三〕張吉甫：張建，字吉甫，自號蘭泉老人，蒲城人。《中州集》卷七有小傳。

〔四〕澤州：金州名，屬河東南路，今山西省晉城市。

〔五〕「坐爲」句：《金史·宣宗上》「貞祐三年三月」下云：「前年，京兆治中李友直私逃華州，結同知防禦使馮朝、河州防禦判官郝遵甫、平涼府同知致仕楊庭秀、水洛縣主簿宿徽等團集州民，號『忠義扈駕都統府』，相挻爲亂，殺其防禦判官完顏八斤及城中女直人，以書約都統楊珪，爲府兵所得。珪諱之，請自效，誘友直等執之，麇所招千餘人納仗阬諸城下。」楊珪：《金史·五行》「衛紹王大安元年」下云，楊珪乃臨洮人。餘不詳。詿誤：貽誤；連累。

〔六〕士論：士大夫間的評論，輿論。

成皋道中〔一〕

瘦馬成皋道阻長，崢嶸冰雪老年光〔二〕。九關欲上虎豹怒〔三〕，三逕未歸松菊荒〔四〕。嵩少雲煙聊駐馬〔五〕，漢唐宮殿兩亡羊〔六〕。鄭南嶺下梅花發，千里相思空斷腸〔七〕。

【注】

〔一〕成皋：古縣名，西漢時置，治所即今河南省滎陽市西北汜水鎮。

〔二〕崢嶸：猶凜冽。唐羅隱《雪霽》：「南山雪乍晴，寒氣轉崢嶸。」

〔三〕九關：謂九重天門或九天之關。《楚辭·招魂》：「魂兮歸來，君無上天些。虎豹九關，啄害下人些。」王逸注：「言天門凡有九重，使神虎豹執其關閉。」句言其仕途坎坷。

〔四〕三逕：即三徑，指歸隱者的家園。晉陶潛《歸去來辭》：「三徑就荒，松竹猶存。」

〔五〕嵩少：嵩山與少室山。駐馬：謂停留休息。

〔六〕「漢唐」句：《莊子·駢拇》：「臧與穀，二人相與牧羊而俱亡其羊。問臧奚事，則挾筴讀書；問穀奚事，則博塞以遊。二人者，事業不同，其於亡羊均也。」句謂漢唐宮殿早已難覓踪跡，寓含古今興廢之感。

〔七〕「鄭南」二句：王維《雜詩》：「君從故鄉來，應知故鄉事。來日綺窗前，寒梅著花未？」成皋屬春秋時鄭國制邑，句言這裏嶺下向陽處梅花已開，由此想到故鄉，心情悲涼。

李簡之蓮池集句〔一〕

一月衰顔幾笑開〔二〕，生前相遇且銜杯〔三〕。蓮塘十里花如錦，有底忙時不肯來〔四〕。

【注】

〔一〕李簡之：李仲略，字簡之，號丹源釣徒，李晏子，高平（今山西省高平市）人。金大定二十二年進士。仕至山東路按察使。集句：謂集前人詩句以成篇什。宋沈括《夢溪筆談·藝文一》：「荆公始爲集句詩，多者至百韻，皆集合前人之句。」

〔二〕衰顏：衰老的容顏。

〔三〕「生前」句：杜甫《醉時歌》：「不須聞此意慘愴，生前相遇且銜杯。」

〔四〕「有底」句：唐韓愈《同水部張員外籍曲江春遊寄白二十舍人》：「曲江水滿花千樹，有底忙時不肯來。」

孫省元鎮 一首〔一〕

鎮字安常，絳州人〔二〕。高才博學，嘗中省試魁〔三〕。承安二年，五赴廷試賜第〔三〕，以陝令致仕〔四〕。年八十四卒。有《注東坡樂府》、《歷代登科記》行於世。弟寧州刺史錡〔五〕，字安世；潘原令鉉〔六〕，字安道，同牓擢第〔七〕。鄉人榮之，號「三桂孫氏」。安常孫詵思美，軍府參佐。安世孫處謙志全、安道孫蔚，今俱在。

【注】

〔一〕省元：省試的第一名。

〔二〕絳州：金州名，屬河東南路，治今山西省新絳縣。

〔二〕省試：金時由尚書省禮部主持舉行的考試。又稱禮部試，後稱會試。《金史·選舉一》：「凡諸進士舉人，由鄉至府，由府至省，及廷試，凡四試皆中選，則官之。」魁：居第一位，中第一名。

〔三〕「五赴」句：《金史·選舉一》：「五舉終場年四十五以上，四舉終場年五十以上者受恩。」《選舉二》：「恩榜，章宗大定二十九年，敕令後凡五次御簾進士，可一試而不黜落，止以文之高下定其次，謂之恩榜。」

〔四〕陝令：陝縣令。陝縣，金縣名，屬南京路陝州，今河南省陝縣。

〔五〕寧州：金州名，屬慶原路，治今甘肅省寧縣。

〔六〕潘原：金縣名，屬鳳翔路平涼府，今甘肅省平涼市。

〔七〕擢第：科舉考試及第。

許氏雙桂堂〔一〕

許家二桂聯翩秀〔二〕，孫氏三枝次第春〔三〕。盛事若將相比並，輸君堂上拜雙親〔四〕。

【注】

〔一〕雙桂：舊稱進士登第爲折桂。雙桂是對親族二人相繼登科的美稱。

〔二〕聯翩：形容連續不斷。

〔三〕孫氏三枝：孫家兄弟三人孫鎮、孫錡、孫鉉同榜及第，人號「三桂孫氏」。

〔四〕盛事：指金榜掛名之事。

張著 二首

著字仲揚，永安人〔一〕。泰和五年，以詩名召見，應制稱旨〔二〕，特恩授監御府書畫。

【注】

〔一〕永安：遼代永安軍，金改稱灤州，屬中都路。今河北省灤縣。

〔二〕應制：應皇帝之命寫作詩文。稱旨：符合上意。

九日〔一〕

雨沐天容霽欲流〔二〕，好山誇翠出牆頭。黄花憔悴東籬晚〔三〕，一段陶家冷淡秋〔四〕。

【注】

〔一〕九日：指九月初九重陽節。

〔二〕天容：天景。霽：霽色，像雨後晴空那樣的顔色。

〔三〕「黄花」句：晉陶淵明《飲酒》其五：「采菊東籬下，悠然見南山。」

〔四〕陶家：陶淵明。冷淡：幽寂，冷清。

雨後

西風無意嫪纖雲〔一〕，掃盡千峰雨脚痕〔二〕。一片秋光清似水，家家空翠滿柴門〔三〕。

【注】

〔一〕嫪：惜戀。纖雲：微雲；輕雲。《文選·傅玄·雜詩》：「纖雲時髣髴，渥露霑我裳。」張銑注：「纖，輕也。」

〔二〕雨脚：雨絲。杜甫《茅屋爲秋風所破歌》：「牀頭屋漏無乾處，雨脚如麻未斷絶。」

〔三〕空翠：指秋日的碧空、山色等。

景覃 一首

覃字伯仁，華陰人〔一〕。年十八有賦聲〔二〕。大定初，三赴簾試〔三〕，後以病不就舉〔四〕。

博極群書，有舉問者，立誦數百言不休，又從而講説之。爲人誠實樂易，不修威儀〔五〕。隱居西陽里〔六〕，以種樹爲業。落托嗜酒〔七〕，醉則浩歌，日以爲常。作詩有功，樂府亦可傳〔八〕。予同年進士王元禮嘗從之學〔九〕，説伯仁老不廢書，有勸以養目力者，曰：「吾輩非讀書則無所用心，要當死而後已耳。」晚年於《易》有所得。年七十終於家。自號「渭濱野叟」，有集傳關中〔一〇〕。

【注】

〔一〕華陰：金縣名，屬京兆府路華州，今陝西省華陰市。

〔二〕有賦聲：金代科舉考試特重賦，往往以此定取黜，故士人習舉業多致力於此，謂之「時文」。有賦聲，即指在各級舉試中名聲較大，但不止於作賦。

〔三〕簾試：指皇帝主持的廷試。

〔四〕就舉：指參加科舉考試。

〔五〕威儀：指服飾儀表。

〔六〕西陽里：金地名，今陝西省三原縣西陽鎮。

〔七〕落托：即落拓。貧困失意，景况淒涼。

〔八〕樂府：詞。

〔九〕王元禮（一一八五——一二五七），原名安仁，字元禮，華陰（今陝西省華陰市）人。嘗從景覃學。興定五年進士，仕至同知裕州防禦使事。金亡後，流徙河朔。元太宗時徙居洛陽，憲宗時回到家鄉。事見元李庭《寓庵集》卷六《金故朝請大夫同知裕州防禦使事王君墓誌銘》。

〔一〇〕關中：古地域名，所指範圍不一。或泛指函谷關以西戰國末秦故地（有時包括秦嶺以南的漢中、巴蜀，有時兼有陝北、隴西）。今指陝西渭河流域一帶。

感事

蘭芳切禁當門種〔一〕，李苦何傷並道生〔二〕。自古英雄足猜忌〔三〕，莫教身外有浮名〔四〕。

【注】

〔一〕蘭芳：蘭花的芳香。常用以比喻賢人。《楚辭·招魂》：「結撰至思，蘭芳假些。」王逸注：「蘭芳，以喻賢人。」當門：對着門。《蜀志》曰：「先主殺張裕，諸葛亮救之，先主曰：『芳蘭當門，不得不鋤。』」

〔二〕「李苦」句：用「道旁苦李」典。典出《世説新語·雅量》：「王戎七歲，嘗與諸小兒游，看道旁李樹多子折枝，諸兒競走取之，唯戎不動。人問之，答曰：『樹在道旁而多子，此必苦李。』取之信然。」比喻被人所棄、無用的人或物。

〔三〕猜忌：懷疑别人對自己不利而心懷不滿。《後漢書·申屠剛傳》：「平帝時，王莽專政，朝多猜忌。」

〔四〕浮名：虚名。

段繼昌 五首

繼昌字子新，白水人〔一〕，自號適安居士。喜作詩，與華陰景伯仁相友善〔二〕。家甚貧，而世間事皆不以掛口。有以錢遺之者，必盡送酒家，名酒曰黄嬌。蓋關中人謂兒女爲阿嬌，子新以酒比之，故云。一日天苦寒，人有遺之酒者，飲不盡而醉，夜半忽驚起，以衣衾覆酒缸，僵卧榻上。人爲言：「酒自不冰，先生將不爲寒所病乎？」子新笑曰：「人病尚可，酒病不可療也。」其好飲如此。臨終辭鄉里，託以他適。明日卧於党氏園亭大石上，視之已逝矣。伯仁弔之云：「適安居士舊知聞，廓達靈根厭世紛。辭罷親朋便歸去，一籌今日又輸君。」

【注】

〔一〕白水：金縣名，屬京兆府路同州，今陝西省白水縣。

〔二〕華陰：金縣名，屬京兆府路京兆府，今陝西省華陰市。景伯仁：景覃，字伯仁，華陰人。少有賦聲。博極群書，爲人誠實樂易，不修儀表。隱居種樹爲業。落拓嗜酒，醉則浩歌。老不廢書，于《易經》有所得。《中州集》卷七有小傳。友善：親密友好。

梨花

一林輕素媚春光〔一〕，透骨濃薰百和香〔二〕。消得太真吹玉笛，小庭人散月如霜〔三〕。

【注】

〔一〕輕素：輕而薄的白色絲織品。

〔二〕透骨：滲透到骨頭裏，形容程度極深。百和香：古人爲使香味濃鬱經久，選擇多種香料加以配製，因稱爲「百和香」。南朝梁吴均《行路難》其四：「博山爐中百和香，鬱金蘇合及都梁。」

〔三〕「消得」二句：宋樂史《楊太真外傳》：「上舊置五王帳，長枕大被，與兄弟共處其間。妃子無何，竊寧王紫玉笛吹。故詩人張祜詩云：『梨花靜院無人見，閑把寧王玉笛吹。』」消得：配得。太真：楊貴妃，字玉環，號太真。唐白居易《長恨歌》狀楊妃面容白嫩有「玉容寂寞淚闌干，梨花一枝春帶雨」之句。

一溪

一溪流水走青蛇〔一〕，春在江邊漁父家。竹外寒梅看欲盡，清香移入小桃花。

【注】

〔一〕走青蛇：喻溪水如青蛇一般細長而曲折。

春早二首

魚兒水泛鴨頭緑〔一〕，野馬塵飛羊角風〔二〕。西崦山家籬落背〔三〕，杏梢初見一分紅。

【注】

〔一〕鴨頭緑：李白《襄陽歌》：「遥看漢水鴨頭緑，恰似葡萄初醱醅。」王琦注：「師古《急就篇》注：『春草，雞翹，鳧翁，皆謂染采而色似之，若今染家言鴨頭緑、翠毛碧云。』」

〔二〕野馬：指野外蒸騰的水氣。《莊子·逍遥遊》：「野馬也，塵埃也。生物之以息相吹也。」郭象注：「野馬者，遊氣也。」成玄英疏：「此言青春之時，陽氣發動，遥望藪澤之中，猶如奔馬，故謂之野馬也。」羊角風：旋風。《莊子·逍遥遊》：「摶扶摇羊角而上者九萬里。」成玄英疏：「旋風曲戾，猶如羊角。」

〔三〕西崦：西山。蘇軾《新城道中》：「西崦人家應最樂，煮芹燒筍餉春耕。」籬落背：籬笆後面。

又

斷冰銷盡荻芽尖〔一〕，凍壠蘇來白薺添〔二〕。幾片野雲飛不去，晚風吹作雨纖纖〔三〕。

【注】

〔一〕荻芽：荻草初生之嫩芽，可供食用。宋歐陽修《六一詩話》：「河豚魚白與荻芽爲羹最美。」

〔二〕白薺：野菜的一種，可供食用。春天生長，開白花。

〔三〕纖纖：細長貌。

讀紀信傳〔一〕

鹿走中原兩虎爭〔二〕，滎陽圍解事堪驚〔三〕。當時拔劍論功者〔四〕，矢口何人説紀生〔五〕。

【注】

〔一〕紀信：字成，秦末閬中（今屬四川）人。從劉邦起兵抗秦，在滎陽被圍時，假扮劉邦向西楚詐降。被俘後，拒絶招降，終爲項羽所殺。《史記·項羽本紀》：「漢將紀信説漢王曰：『事已急矣，請爲王誑楚爲王，王可以間出。』於是漢王夜出女子滎陽東門，被甲二千人，楚兵四面擊之。紀信乘黄屋車，傅左纛，曰：『城中食盡，漢王降。』楚軍皆呼萬歲。漢王亦與數十騎從城西門出，走成皋。項王見紀信，問：『漢王安在？』信曰：『漢王已出矣。』項王燒殺紀信。」

〔二〕「鹿走」句：《史記·淮陰侯列傳》：「秦失其鹿，天下共逐之。」以中原逐鹿，喻群雄並起，爭奪天下。兩虎：代劉邦和項羽。

〔三〕滎陽圍解：指紀信假扮劉邦事。

〔四〕拔劍論功：指爭論功勞激烈到幾乎動武。《史記·劉敬叔孫通列傳》：「高帝悉去秦苛儀法，爲簡易。群臣飲酒爭功，醉或妄呼，拔劍擊柱，高帝患之。」

〔五〕矢口：猶開口，隨口。表示不用思索。紀生：紀信。二句謂等到劉邦取得勝利，群臣爭論功勞時還有誰能記起紀信的功績。

岳行甫 二首

行甫字仁老，鄜州洛川人〔一〕。在關中最有詩名。泰和初，有以仁老《時病》詩達之道陵者〔二〕。道陵大加賞異〔三〕，授以官，不就，士論高之。舊所傳「沾泥柳絮燕銜去，鎖月梨花鶯喚開」本前人詩，又苦無佳致〔四〕，世俗識真者少，誤謂仁老所作，乃鬨傳之〔五〕。曾見仁老詩百餘篇，佳句甚多，續當就秦中好事家搜訪之〔六〕。

【注】

〔一〕洛川：金縣名，屬鄜延路鄜州，今陝西省洛川縣。

〔二〕道陵：金章宗完顏璟，死後葬道陵（今北京市房山區）。

〔三〕賞異：贊賞稱異。

〔四〕佳致：優美高雅的情趣。

〔五〕鬨傳：哄傳。衆口傳揚；紛紛傳説。

〔六〕秦中：古地區名。指今陝西中部平原地區，因春秋、戰國時地屬秦國而得名。也稱關中。

謝人惠二小漆冠〔一〕

規制新翻出杜郎〔二〕，最宜閨子夜燒香〔三〕。不爭寶髻峨宮樣〔四〕，自與霓裳配道裝〔五〕。細攏翠鬟雲易滿〔六〕，淺銜牙櫛月難藏〔七〕。水衡雙寄非無意〔八〕，要買楊枝惱孟光〔九〕。

【注】

〔一〕惠：賜予，贈送。漆冠：漆紗冠，亦稱「籠冠」。漢魏六朝時主要冠飾，男女皆可使用，以黑漆細紗製成，故稱。唐有漆紗冠，宋金元因之。

〔二〕規制：指器具的式樣。杜郎：當指時人製冠者。

〔三〕閨子：閨閣婦女。燒香：舊俗禮拜神佛的一種儀式。禮拜時把香點着插在香爐中，表示誠敬。

〔四〕寶髻：古代婦女髮髻的一種。唐王勃《登高臺》：「爲君安寶髻，蛾眉罷花叢。」峨：高聳貌。宫樣：皇宫中流行的裝束、服飾等的式樣。

〔五〕霓裳：道士的衣服。道裝：亦作「道妝」。道教徒或佛教徒的裝束和打扮。

〔六〕翠鬟：婦女環形的髮式。雲：喻髮。

〔七〕牙櫛：插在髮髻上的犀角或象牙櫛。月：喻弧形櫛。

〔八〕水衡：泛指管理水利之官。《後漢書·張衡傳》：「前長離使拂羽兮，委水衡乎玄冥。」李賢注：「水衡，官名，主水官也。」或爲贈冠者官職。雙寄：指詩題中的「二小漆冠」。

〔九〕楊枝：白居易的侍妾樊素，善唱《楊枝曲》，故以曲名人。後泛指侍妾、婢女或所思戀的女子。孟光：西漢隱士梁鴻妻，後作爲賢妻的代稱。

立春日〔一〕

銀線青絲翠椀堆〔二〕，爭牛擊鼓欲驚雷〔三〕。翻風鬬巧春頭勝〔四〕，漉雪浮香臈尾杯〔五〕。迎暖梢梢金着柳，逗寒葉葉粉飄梅。不成一事人空老，半百光陰又七迴〔六〕。

【注】

〔一〕立春：二十四節氣之一。在陽曆二月三四或五日。《逸周書·時訓》：「立春之日，東風解凍；又五日，蟄蟲始振；又五日，魚上冰。」《史記·天官書》：「立春日，四時之始也。」司馬貞索隱：「謂立春日是去年四時之終卒，今年之始也。」

〔二〕銀線青絲：用以裝飾的絲線。立春日以絲線彩帶裝飾牛鞭彩棒，用以鞭牛。椀堆：如椀形的土堆。指土牛。舊俗立春時造土牛以勸農耕，象徵春耕開始。《禮記·月令》鄭玄注曰：「立春之日，立青旛，施土牛耕人於門外，以示兆。」

〔三〕爭牛：又稱搶春，指鞭春牛（又稱鞭土牛）之儀式。古代立春日習俗之一。拜祭完畢，土牛被打碎，人們爭搶春牛土，謂之搶春。

〔四〕翻風鬬巧：描繪掛風車迎春，以智巧爭勝的比拼活動。春頭：春初。南朝梁宗懍《荆楚歲時記》：「立春之日，悉剪綵爲燕以戴之，帖宜春二字。」《錦繡萬花谷》：「立春之日，士夫之家剪綵爲小幡，謂之春幡。或懸於佳人之頭，或綴於花枝之下。又剪爲春蝶、春錢、春勝以爲戲。」

〔五〕臈尾：歲末。臈同「臘」。明高啟《立春前一日喜雪》：「未嫌送遲臈，唯憐預占春。」

〔六〕「半百」句：詩人時年五十七歲。

迂齋先生周馳 二首

馳字仲才，濟南人。經學出於醇德先生王廣道〔一〕，賦學出於泰山李時亨〔二〕。至于党趙〔三〕，又其忘年友也。資性古雅，而以襟量見稱〔四〕。大定中住太學，屢以策論魁天下〔五〕，私試亦頻中監元〔六〕。家素饒財〔七〕，鄉人强以子弟從之學，所得束脩皆散諸生之貧者〔八〕。貞祐之兵〔九〕，濟南陷，不肯降，攜二孫赴井死。鄉人葬之宅後之壽樂堂。遼東人吴子英嘗從仲才學〔一〇〕，能記其所著《亞父撞玉斗賦》及他文數篇。

【注】

〔一〕王廣道：號醇德先生，平陰（今山東省平陰縣）人，王仲元祖父。通經學。

〔二〕李時亨：泰山人，通賦學。

〔三〕党趙：党懷英與趙秉文。

〔四〕襟量：氣度，氣量。

〔五〕策論：就當時政治問題加以論説，提出對策的文章。唐宋代以來各朝常用作科舉試士的項目之一。蘇軾《擬進士對御試策引狀》：「昔祖宗之朝，崇尚辭律，則詩賦之工，曲盡其巧。自嘉祐以來，以古文爲貴，則策論盛行於世，而詩賦幾至於熄。」《金史·選舉志一》：「初但試策，後增試論，所謂策論進士也。」魁：第一。

〔六〕監元：國子監課業考試第一名。

〔七〕饒財：多財，資財富足。

〔八〕束脩：本爲十條乾肉，饋贈的一般性禮物，後用爲古代入學敬師的禮物。《論語·述而》：「子曰：『自行束脩以上，吾未嘗無誨焉。』」邢昺疏：「束脩，禮之薄者。」

〔九〕貞祐之兵：金貞祐元年（一二一三）蒙古兵攻掠山東諸府縣。

〔一〇〕吴子英：遼東人，從周馳學。元好問居内鄉時與吴交密，有《吴子英家靈照圖二首》詩。

箸詩 章廟御題限紅字韻〔一〕

矢束形何短〔二〕，籌分色盡紅〔三〕。駢頭斯效力〔四〕，失偶竟何功〔五〕。比數槃盂側〔六〕，經營指掌中〔七〕。蒸豚挑項臠〔八〕，湯餅拌油葱〔九〕。正使遭讒口〔一〇〕，何嘗廢直躬〔一一〕。上前如許借，猶足沃淵衷〔一二〕。

【注】

〔一〕箸：筷子。章廟：金章宗完顏璟。限……韻：規定作詩的用韻。

〔二〕矢束：箭束。一束箭。

〔三〕籌：古代投壺所用的矢。《禮記・投壺》：「籌，室中五扶，堂上七扶，庭中九扶。」陳澔集説：「籌，矢也。」

〔四〕駢頭：兩根。效力：效勞。

〔五〕失偶：指失去同伴。此指一雙筷子失去其中一根。

〔六〕比數：相與並列。槃盂：圓盤與方盂的並稱，用於盛物。

〔七〕經營：使用。

〔八〕豚：小豬。項臠：豬脖子下的肥肉，也稱禁臠。典出《晉書・謝混傳》：「元帝始鎮建業，公私窘饕。每得一豚，以爲珍膳，項上一臠尤美，輒以薦帝，群下未嘗敢食，于時呼爲『禁臠』。」

〔九〕「湯餅」句：言水煮麵食熟後熗以油炒葱花。

〔一〇〕讒口：讒言，壞話。句語帶雙關，由貪饞之口而來。

〔一一〕直躬：借箸之直喻以直道立身。《論語・子路》：「吾黨有直躬者，其父攘羊，而子證之。」何晏集解引孔安國曰：「直躬，直身而行也。」

〔一二〕沃：啟沃。《書・説命上》：「啟乃心，沃朕心。」孔穎達疏：「當開汝心所有以灌沃我心。」後用爲竭誠忠告之語。淵衷：淵深的胸懷，多用來稱頌皇帝。

敧子　私盍反，支起也〔一〕。

勿以微才棄，安危任不輕。誰憐一片小，能使四方平。几案由吾正，槃盂免爾傾。何當遇夷坦〔二〕，沉默更何營。此詩王仲澤所傳〔三〕，或以爲仲澤作也。以其與周仲才詩意相近①，姑附於此，以俟更考。

【校】

① 仲才，底本原作「才仲」。周馳字仲才，誤，從毛本。

【注】

〔一〕敧子：支物小木。徐珂《清稗類鈔・物品類》：「几案四足不平者，以小木墊之，謂之敧子。」

〔二〕何當：何時。李商隱《夜雨寄北》：「何當共剪西窗燭，却話巴山夜雨時。」

〔三〕王仲澤：王渥，字仲澤，與元好問交密，《中州集》卷六有小傳。

劉太常鐸 七首

鐸字文仲，冀州棗强人〔一〕，承安五年進士。元光二年，入爲太常博士，正大初改兵部員外郎，以武昌軍節度副使致仕〔二〕。癸巳歲〔三〕，病殁於京師。自號柳溪先生，有集傳于家。武成王著作序言〔四〕：「文仲生未能言，已識百餘字。及授學，穎悟過人。爲人誠實，少許可，不狥流俗，不慕榮利。」蓋實録云。子敏中，字庭幹，亦學詩，今居洛中〔五〕。

【注】

〔一〕棗强：金縣名，屬河北東路冀州，今河北省棗强縣。

〔二〕武昌軍：金無武昌軍。按《金史·完顔綱傳附鼎奴傳》「尋遷河南統軍使兼昌武軍節度使」及《宗室愛實傳》「徙沁南軍節度使，遷河南統軍節度使」，武昌軍訛。當爲昌武軍，治許州，今河南省許昌市。

〔三〕癸巳：金哀宗天興二年（一二三三）歲次癸巳。

〔四〕武成：即武城，縣名，金時屬大名府路恩州，今屬山東。王著：《金史·陳規傳》「正大元年」下有

「初，吏部尚書趙伯成坐銓選吏員出身王京與進士王著塡開封警巡判官見闕，爲京所訟免官，規亦坐之」語，餘不詳。

〔五〕洛中：洛陽。

三陽述懷〔一〕

蟻穴吾猶夢〔二〕，蝸廬此僅容〔三〕。一川青靄合〔四〕，半嶺白雲封。地僻宜藏拙〔五〕，官閑足養慵〔六〕。只慚無補報〔七〕，潦倒不歸農〔八〕。

【注】

〔一〕三陽：金寨名，屬鳳翔路秦州秦安縣，今甘肅省天水市三陽川。述懷：陳述情懷，表達志向。

〔二〕蟻穴：螞蟻的巢穴。唐李公佐《南柯太守傳》：書生淳于棼家居廣陵郡，醉後夢入大槐安國，被國王招爲駙馬，榮耀日盛。又出任南柯太守，多有建樹，享盡富貴榮華。一旦醒來，見槐樹下一大蟻穴，南枝下有一小蟻穴，即爲夢中的槐安國和南柯郡。

〔三〕蝸廬：形圓似蝸牛的簡易廬舍，亦泛指簡陋的房屋。

〔四〕青靄：指雲氣。

〔五〕藏拙：掩藏拙笨，不以示人。常用爲自謙之辭。

〔六〕慵：懶散、懶惰。

〔七〕補報：報答。此謂報效朝廷。

〔八〕潦倒：頹喪，失意。歸農：回鄉務農。

即事 亦在三陽時作〔一〕

地與中州迥〔二〕，民餘上古淳〔三〕。峽長深束渭〔四〕，路險曲通秦〔五〕。煙柳千家曉，風花百里春。一官如自擇，閑處着閑身。

【注】

〔一〕即事：以當前事物爲題材的詩。

〔二〕中州：指中原地區。迥：迥異，形容差别很大。

〔三〕上古：久遠的古代，一般稱夏以前的時代爲上古。

〔四〕渭：渭水。

〔五〕秦：秦川，今陝西一帶。

澠池驛舍用苑極之郎中韻〔一〕

慣從鞍馬作生涯〔二〕，宿處依依認是家〔三〕。爐火相看衣袖暖，盤飡未辦驛廚譁〔四〕。淹留歲月頭如雪〔五〕，汩没風塵眼更花〔六〕。永夜如何得消遣〔七〕，新詩吟罷自煎茶。

【注】

〔一〕澠池：地名，今河南省澠池縣。苑極之：苑中，字極之，大興人。承安中進士。累官京西路司農少卿，滑州刺史，好賢樂善，有前輩風流。《中州集》卷八有小傳。

〔二〕生涯：生活。

〔三〕依依：依稀貌；隱約貌。

〔四〕盤飡：盤盛的食物。

〔五〕淹留：謂虚度光陰。宋歐陽修《哭聖俞》：「歡猶可彊閑屢偷，不覺歲月成淹留。」

〔六〕汩没：淹没，沉淪。

〔七〕永夜：指長夜。

春日

翠微深處幾人家〔一〕，風颺輕煙雨壓沙〔二〕。寒勒野桃開較晚〔三〕，向陽纔有兩三花。

【注】

〔一〕翠微：指青翠掩映的山腰幽深處。《爾雅·釋山》：「未及上，翠微。」郝懿行義疏：「翠微者……蓋未及山頂，孱顏之間，葱鬱葐蒀，望之谸谸青翠氣如微也。」

〔二〕颺：飛揚，飄揚。《説文》：「颺，風所飛揚也。」

〔三〕勒：約束，抑制。唐劉得仁《春暮對雨》：「氣蒙楊柳重，寒勒牡丹遲。」

所見

綸竿老子緑蓑衣〔一〕，細雨斜風一釣磯〔二〕。正是鄰家社醅熟〔三〕，柳條穿得錦鱗歸〔四〕。

【注】

〔一〕綸竿：釣竿。老子：對老年人的泛稱。

〔二〕釣磯：釣魚時坐的巖石。二句暗用唐張志和《漁父》詞：「青箬笠，緑蓑衣，斜風細雨不須歸。」

〔三〕社醅：農家自釀的未過濾的酒。

〔四〕錦鱗：魚的美稱。

讀李訓鄭注傳　二首〔一〕

誰教閹宦作權臣〔二〕，肅代優游到敬文〔三〕。三子謀疏誰不道〔四〕，泄機也合罪劉蕡〔五〕。

【注】

〔一〕李訓：字公垂，初名仲言。唐隴西成紀（今甘肅省秦安縣）人。曾以上疏受唐文宗重用，任宰相。「甘露之變」中，謀誅宦官仇士良，不慎洩露，被殺。鄭注：唐絳州翼城（今山西省翼城縣）人。初以醫術游江湖，得寵于襄陽節度使李愬。遷工部尚書、鳳翔節度使，并擬與李訓裏應外合率部入京，密謀消滅宦官勢力。「甘露之變」後被殺。

〔二〕閹宦：宦官。指仇士良等。權臣：有權勢之臣。多指掌權而專横的大臣。

〔三〕「肅代」句：指唐肅宗李亨、代宗李豫、敬宗李湛、文宗李昂。

〔四〕「三子」句：指唐文宗、李訓、鄭注三人謀劃疏漏。不道：猶不知。李白《幽州胡馬客歌》：「雖居燕支山，不道朔雪寒。」

〔五〕「泄機」句：泄機：透露機密。劉蕡：字去華，唐幽州昌平人。博學善屬文，浩然有救世志。寶曆二年，擢進士第。時宦官專横，蕡常痛疾。太和初舉賢良方士，直言極諫，奏《對賢良方正直言極諫策》，爲考策官嗟服。但因宦官當途，畏之不敢取。文宗未采納劉蕡忠言，養癰遺患，後雖暗下翦除閹黨決心，但爲時已晚。句言劉蕡上書直言極諫，指陳時弊，已引起宦官的戒備，後來的「甘露之變」，已肇始於此。

又

棊醫入侍本防猜〔一〕，偶失機權亦可哀〔二〕。陳竇至今佳傳在〔三〕，莫從成敗論人材。

【注】

〔一〕「棊醫」句：《新唐書·鄭注傳》載，注以醫術入侍文宗，與李訓「日日議論帝前，相倡和，謀鋤翦中官」。訓畏其專功，遂出爲鳳翔隴右節度使。棊：即棋。《史記·日者列傳》：「今夫卜者，必法天地，象四時，順于仁義，分策定卦，旋式正棋。」司馬貞索隱：「棋者，筮之狀。正棋，蓋謂卜以作卦也。」古代占卜與醫巫通，故以棊醫指鄭注。

〔二〕機權：機會權變。《新唐書·鄭注傳》：「先是，守澄死，以十一月葬滻水。注奏言：『守澄，國勞舊，願身護喪。』因群宦者臨送，欲以鎮兵悉擒誅之。訓畏注專其功，乃先五日舉事。注率五百騎至扶風，令韓遼知其謀，奔武功。注聞訓敗，乃還。」後被宦官監軍張仲清所殺。句指此。

〔三〕陳竇：指東漢大臣陳蕃和竇武。陳蕃，字仲舉，汝南平輿（今河南省平輿縣）人。東漢末大臣，爲官耿直，官太尉，太傅。靈帝朝因與大將軍竇武共同謀劃翦除閹宦，事敗而死。竇武，字游平，扶風平陵（今陝西省咸陽市）人。東漢末年外戚、大臣。封槐里侯。因以太后詔誅戮中常侍管霸、蘇康等，得到士大夫的擁護。建寧元年，竇武與陳蕃定計翦除諸宦官。事機洩露，兵敗自殺。

李扶風節 二首

節字正臣，涇州人〔一〕。吕造牓進士〔二〕，以詩名關中〔三〕。資性滑稽，談笑有味，而臨事以干局稱。歷威戎、扶風令〔四〕。初名守節，哀宗即位，去守字〔五〕，哀宗知其名，謂侍臣言：「吾不欲人避上一字，李守節何故避之？」良久曰：「臣子敬君，避之亦可。」正臣有詩云：「棓頭打出和糴米〔六〕，丁口簽來自願軍〔七〕。」讀之，則時政可知矣。

【注】

〔一〕涇州：金州名，屬慶原路（舊作陝西西路），治今甘肅省涇川縣。

〔二〕吕造：承安二年（一一九七）詞賦狀元。

〔三〕關中：地域名。泛指函谷關以西戰國末秦故地。今陝西渭河流域一帶。

〔四〕威戎：縣名，金代屬鳳翔路德順州，今甘肅靜寧縣威戎鎮。扶風：金縣名，屬鳳翔路鳳翔府，今陝西扶風縣。

〔五〕哀宗：完顔守緒，初名完顔守禮。故李節避「守」字。

〔六〕棓：大杖。古有杖擊刑。和糴：本指官府出資向百姓公平購買糧食，後官府以議價交易爲名向民間强制徵購糧食。金代和糴采用抑配的方法，甚至不給價。宣宗南遷後，和糴更重。

〔七〕「丁口」句：《金史·兵志》：「故混（渾）源劉祁謂金之兵制最弊，每有征伐及邊釁，輒下令簽軍，使遠近騷動，民家丁男，若皆强壯，或盡取無遺。」參見劉祁《歸潛志》卷七。

漁父

舉世從誰話獨醒〔一〕，短蓑輕篛寄餘生〔二〕。半篙春水世塵遠，一笛晚風山雨晴。稚乳滿船生事簡〔三〕，魚蝦到市利源輕〔四〕。旁人莫怪機心少〔五〕，曾與滄洲白鳥盟〔六〕。

【注】

〔一〕「舉世」句：《楚辭·漁父》：「舉世皆濁我獨清，衆人皆醉我獨醒。」

〔二〕短蓑：雨具，短蓑衣。輕篛：竹笠。

〔三〕稚乳：嬰幼兒，孩童。生事簡：指生活資料及生産資料都簡單、簡約。

〔四〕利源：財利的來源。宋蘇轍《收蜜蜂》：「明年少割助和藥，慚愧野老知利源。」

〔五〕機心：機巧之心。追求功利之心。

〔六〕白鳥盟：白鷗盟，謂與白鷗爲友。比喻隱退。宋黄庭堅《登快閣》：「萬里歸船弄長笛，此心吾與白鷗盟。」二句典出《世説新語·言語》：「林公曰：『（佛圖）澄以石虎爲海鷗鳥。』」劉孝標注引《列子》曰：「海上之人好鷗者，每旦之海上，從鷗遊，鷗之至者數百而不止。其父曰：『吾聞鷗鳥從汝遊，取來玩之。』明日之海上，鷗舞而不下。」後以「鷗鳥忘機」寫不求功利的隱逸生活。

有感

亂離何事最堪傷，孝子陵前段氏莊〔一〕。鑄鐵作門貽鬼笑〔二〕，堆金齊斗買天亡〔三〕。春風草滿藏書壁，落日狐鳴打麥場〔四〕。惆悵賢郎一丘土〔五〕，過車腸痛獨難忘〔六〕。

【注】

〔一〕孝子陵：《全唐詩》有耿湋《題孝子陵》，其地亦語焉不詳。

〔二〕鑄鐵作門：唐王梵志《世無百年人》：「世無百年人，强作千年調。打鐵作門限，鬼見拍手笑。」謂打鐵作門限，以求堅固。

〔三〕堆金齊斗：積金至斗，形容金錢極多。

〔四〕「春風」二句：寫村落、庭院的荒涼，野草叢生，落日狐鳴。

〔五〕賢郎：對他人兒子的美稱。一丘土：墳丘。

〔六〕「過車」句：三國魏曹操《祀故太尉橋玄文》：「殂逝之後，路有經由，不以斗酒隻雞過相沃酹，車過三步，腹痛勿怪。」後用爲過墓致祭或致敬。

劉勳 一十三首

勳字少宣。本出洛陽，元魏遷洛陽二十萬家實雲中〔一〕，故其父祖而上爲雲中人。至少宣，客居濟南，樂其風土，遂占籍焉〔二〕。少日住太學，與兄譙庭老俱有聲場屋間〔三〕。南渡後，專於詩學，往往爲人所傳。其先世本衣冠家〔四〕，風流藴藉，都無科舉氣，見于文字者亦然。嘗有詩云：「萬里風沙憐病客，幾年刁斗厭寒更。」人憐直道違時好，自喜閑身與世疏。」「擊筑漫流燕客淚〔五〕，佩蘭誰識楚臣心〔六〕。」《濟南》云：「午風襟袖知秋早，甲夜闌干得月多〔七〕。」又云：「船行着色屏風裏，人在回文錦字中。」「百和香薰風過處〔八〕，萬盤珠落雨來時。」此類甚多。少宣長於尺牘〔九〕，落筆皆有可觀。其樂府如「暮鵶庭院春陰淡」之句，尤可喜也。

【注】

〔一〕元魏：北魏皇族拓拔氏改姓元，故稱。雲中：金縣名，屬西京路大同府，今山西省大同市。北魏時曾爲都城。

〔二〕占籍：上報户口，入籍定居。

〔三〕場屋：科舉考試的地方，又稱科場。

〔四〕衣冠：代稱搢紳、士大夫。《漢書·杜欽傳》：「茂陵杜鄴與欽同姓字，俱以材能稱京師，故衣冠謂欽爲『盲杜子夏』以相别。」顔師古注：「衣冠謂士大夫也。」

〔五〕「擊筑」句：用高漸離、荆軻典故。《史記·刺客列傳》：「至易水之上，既祖，取道，高漸離擊築，荆軻和而歌，爲變徵之聲，士皆垂淚涕泣。」後以「擊筑」喻指慷慨悲歌或悲歌送别。筑：古代一種絃樂器，似箏，以竹尺擊之，聲音悲壯。

〔六〕「佩蘭」句：戰國楚屈原《楚辭·離騷》：「扈江離與辟芷兮，紉秋蘭以爲佩。」以蘭草爲佩飾，表示志趣高潔。

〔七〕甲夜：初更時分。北齊顔之推《顔氏家訓·書證》：「漢魏以來，謂爲甲夜、乙夜、丙夜、丁夜、戊夜；又云鼓，一鼓、二鼓、三鼓、四鼓、五鼓；亦云一更、二更、三更、四更、五更，皆以五爲節。」《資治通鑑·魏邵陵厲公嘉平元年》：「自甲夜至五鼓，爽乃投刀於地曰：『我亦不失作富家翁！』」胡三省注：「甲夜，初夜也。」

〔八〕百和：百和香。古人爲使香味濃鬱經久，選擇多種香料加以配製，因稱爲「百和香」。南朝梁吴均《行路難》其四：「博山爐中百和香，鬱金蘇合及都梁。」

〔九〕尺牘：本指一尺長的木簡，此指往來書信。

讀張仲揚詩因題其上〔一〕

布衣一日見明君，俄有詩名四海聞〔二〕。楓落吴江真好句，不須多示鄭參軍〔三〕。

【注】

〔一〕張仲揚：張翥，字仲揚，金明昌承安間人。因詩有「西風了卻黄花事，不管安仁兩鬢秋」句，人稱「張了卻」。見劉祁《歸潛志》。

〔二〕「布衣」二句：叙張仲揚因詩得名由布衣被召用事。金劉祁《歸潛志》卷八：「明昌承安間作詩者尚尖新，故張翥仲揚由布衣有名召用。」

〔三〕「楓落」二句：用崔信明典故。《新唐書·文藝傳上·崔信明》：崔信明蹇亢，以門望自負，嘗矜其文。揚州録事參軍鄭世翼者，亦驁倨，數輕忤物。遇信明江中，謂曰：「聞公有『楓落吴江冷』，願見其餘。」信明欣然多出衆篇，世翼覽未終，曰：『所見不逮所聞。』投諸水，引舟去。」劉祁《歸潛志》卷八：「其詩大抵皆浮艷語……劉少宣嘗題其詩集後云：『楓落吴江真好句，不須多示鄭參軍。』蓋譏之也。」

偶作

將軍馬躍五撾鼓〔一〕，客子車行三唱雞〔二〕。白髮書生無伎倆〔三〕，滿窗紅日醉如泥。

【注】

〔一〕撾鼓：擊鼓。五撾鼓：指五鼓（更）時分。

〔二〕三唱雞：指報曉雞叫三次。二句謂求功名者與求利者披星戴月，汲汲以求。

〔三〕伎倆：技能，本領。

杜善甫乞炭〔一〕

筆口酸嘶解説窮〔二〕，寒爐隨手變春紅〔三〕。因君大笑涪翁拙，費盡奇香得馬通〔四〕。

【注】

〔一〕杜善甫：杜仁傑，字仲梁，號善夫（一作善甫），濟南長清（今山東省長清縣）人。金末從元好問游，與麻革、張澄輩友善。金亡後入東平嚴實幕。工詩能文，喜作散曲，頗有文名。所著《逃空絲竹集》、《河洛遺稿》均佚。

〔二〕酸嘶：悲歎。句言杜善甫善于以詩哭窮。

〔三〕「寒爐」句：句謂久已熄滅的火爐因乞炭而變得火紅。

〔四〕「因君」二句：用宋黄庭堅典故。涪翁：黄庭堅自號。其《跋自書所爲香詩後》云：「賈天錫宣事作意和香，清麗閒遠自然，有富貴氣，覺諸人家和香殊寒乞。天錫屢惠此香，惟要作詩。因以『兵衛森畫戟，燕寢凝清香』作十小詩贈之，猶恨詩語未工，未稱此香爾。然余甚寶此香，未嘗妄以與人。城西張仲謀爲我作寒計，惠送騏驥院馬通薪二百，因以香二十餅報之。」馬通：馬糞。《後漢書·獨行傳·戴就》：「主者窮竭酷慘，無復餘方，乃卧就覆船下，以馬通薰之。」李賢注：「《本草經》曰：『馬通，馬矢也。』」

呈吕陳州唐卿〔一〕

警盜何煩鼓夜撾〔二〕，麗譙清晝卷高牙〔三〕。春回和氣一千里，雪與豐年十萬家。逋賦稍寬新得帖〔四〕，軍書不至早休衙〔五〕。新年載酒須行樂，次第東風遶郡花〔六〕。

【注】

〔一〕吕陳州唐卿：吕子羽，字唐卿，大興（今北京市大興區）人。少有盛名，明昌二年及第，歷任尚書左司郎中、開封府治中，官至陳州防禦使。《中州集》卷八有小傳。

〔二〕撾：擊，敲打。古代更夫或敲鑼，或擊鼓，四處巡行，既報時，亦報警。句言吕任陳州，治理有方，盜賊不興，無需報警。

〔三〕麗譙：華麗的高樓。《莊子·徐無鬼》：「君亦必無盛鶴列於麗譙之間。」郭象注：「麗譙，高樓也。」成玄英疏：「言其華麗嶕嶢也。」高牙：大纛，牙旗。《文選·潘岳·關中詩》：「桓桓梁征，高牙乃建。」李善注：「牙，牙旗也。兵書曰：牙旗，將軍之旗。」

〔四〕逋賦：未交的賦税。《漢書·武帝紀》：「行所巡至，博、奉高、蛇丘、歷城、梁父，民田租逋賦貸，已除。」顔師古注：「逋賦，未出賦者也。」帖：官府文書，公文。

〔五〕軍書：軍事文書。

〔六〕「次第」句：謂春風依次吹開環繞州郡的鮮花。

秋涼

桃笙乘勢獻微涼〔一〕，紈扇無功送暑光〔二〕。老病不嫌風露冷，莫教添作鬢邊霜。

【注】

〔一〕桃笙：桃枝竹編的竹席。《文選·左思·吴都賦》：「桃笙象簟」。劉逵注：「桃笙，桃枝簟也，吴人謂簟爲笙。」

〔三〕紈扇：細絹製成的團扇。

愛詩李道人嵩陽歸隱圖〔一〕

脱卻儒冠已自閑〔二〕，更令家事勿相關。百錢便掛青藜杖〔三〕，不看先生紙上山。

【注】

〔一〕愛詩李道人：李道人，名若愚，號愛詩。汾州（今山西省汾陽市）人。金末不堪兵革之亂，歸隱嵩山，詩畫自娱。除劉勳此詩之外，尚有元好問《李道人嵩陽歸隱圖》，麻九疇《李道人嵩陽歸隱圖》，雷淵《愛詩李道人嵩陽歸隱圖》，史學《李道人嵩陽歸隱圖》，段成己《嵩陽歸隱圖》等。元好問詩中有「可笑李山人，嗜好世所稀。逢人覓詩句，不恤怒與譏」，可知李道人曾攜此畫四處請人題詩。

〔二〕儒冠：古代儒生戴的帽子。

〔三〕「百錢」句：用晉人阮修典故。《世説新語·任誕》：「阮宣子（修）常步行，以百錢掛杖頭，至酒店，便獨酣暢，雖當世貴盛不肯詣也。」

元夜陰晦〔一〕

逐逐雕鞍趁畫輪〔二〕，年芳樂事一番新〔三〕。芙蓉城暖東風夜〔四〕，楊柳樓深笑語春〔五〕。兩鬢愁添新白雪〔六〕，十年夢到軟紅塵〔七〕。空庭不見梅花月，寂寞春陰最惱人。

【注】

〔一〕元夜：元宵。

〔二〕逐逐：奔忙貌，匆忙貌。趁：追隨。畫輪：彩飾的車輪。亦指裝飾華麗的婦女坐車。

〔三〕年芳：指美好的春色。樂事：歡樂的事。南朝宋謝靈運《擬魏太子鄴中集詩序》：「天下良辰、美景、賞心、樂事，四者難並。」

〔四〕芙蓉城：古代傳説中的仙境。宋歐陽修《六一詩話》：「曼卿卒後，其故人有見之者，云恍惚如夢中，言我今爲鬼仙也，所主芙蓉城。」蘇軾《芙蓉城》詩序：「世傳王迥子高，與仙人周瑶英遊芙蓉城。元豐元年三月，余始識子高，問之信然，乃作此詩。」東風：春風。

〔五〕楊柳樓：指青樓，妓院。晏幾道《鷓鴣天》：「舞低楊柳樓心月，歌盡桃花扇底風。」

〔六〕白雪：喻白髮。

〔七〕軟紅塵：指女子坐車雲集，脂粉味充斥的繁華熱鬧之處。蘇軾《次韻蔣穎叔錢穆父從駕景靈宫二首》其一：「半白不羞垂領髮，軟紅猶戀屬車塵。」自注：「前輩戲語，有西湖風月，不如東華軟紅香土。」

傷曹吉甫之死〔一〕

官職雖低首不低〔二〕，爭教有志竟空齎〔三〕。向人指畫將何語，卧壁糊塗不解題〔四〕。小女遶牀猶戲劇〔五〕，老兵伏地亦悲啼。春風繫馬庭前樹，只想東齋醉似泥〔六〕。

【注】

〔一〕曹吉甫：太原人。曹居一之弟。居一，字通甫，金末進士，仕元爲行臺員外郎。

〔二〕「官職」句：元好問《送曹吉甫兼及通甫》：「意氣羨君豪，憐君屈騎曹。」知曹吉甫在軍隊中任低微官職，似騎曹參軍之類。

〔三〕齎：懷着。句言曹吉甫壯志未遂而齎志以殁。

〔四〕「向人」二句：用「咄咄書空」典故。《世説新語・黜免》：「殷中軍（浩）被廢，在信安，終日恒書空作字。揚州吏民尋義逐之，竊視，唯作『咄咄怪事』四字而已。」謂曹氏生不逢時，悲憤填膺。

〔五〕戲劇：兒戲，遊戲。句言曹死時，子女尚幼。

〔六〕「春風」二句：暗用李白《廣陵贈别》「玉瓶沽美酒，數里送君還。繫馬垂楊下，銜杯大道間……興罷各分袂，何須醉别顏」及杜甫《戲簡鄭廣文虔兼呈蘇司業源明》「廣文到官舍，繫馬堂階下。醉則騎馬歸，頗遭官長罵」。

同趙宜之賦梨花月〔一〕

雪樹生香淡月邊〔二〕，相媒相合鬬清妍〔三〕。空庭冷落秋千影，虚度良宵亦可憐。

【注】

〔一〕趙宜之：趙元，字宜之。今山西省定襄縣人。金末避亂南渡，詩名甚著。

〔二〕雪樹：喻開滿白花的梨樹。

〔三〕「相媒」句：言梨花與月輝相得益彰，競顯清麗之美。

不寐

酪奴作祟攪秋眠〔一〕，追咎前非四十年〔二〕。一夜蟲聲相計會〔三〕，併催白髮到愁邊。

【注】

〔一〕酪奴：茶的別名。北魏楊衒之《洛陽伽藍記·正覺寺》：「羊比齊魯大邦，魚比邾莒小國。唯茗不中，與酪作奴……彭城王重謂曰：『卿明日顧我，爲卿設邾莒之食，亦有酪奴。』因此復號茗飲爲酪奴。」

〔二〕「追咎」句：《淮南子·原道訓》：「故蘧伯玉年五十，而有四十九年非。」高誘注：「伯玉，衛大夫蘧瑗也。今年所行是也，則還顧知去年之所行非也。歲歲悔之，以至於死，故有四十九年非。」句用此典，謂其靜夜反思前半生。

〔三〕計會：計慮；商量。

戲鄭秀才〔一〕

張老豆新頻見餉，鄭家米鑿不須賒〔二〕。客來粥熟吾能辦，要與齊奴鬭咄嗟〔三〕。

【注】

〔一〕鄭秀才：其人不詳。

〔二〕米鑿：指精米。唐杜甫《行官張望補稻畦水歸》：「秋菰成黑米，精鑿傳白粲。」仇兆鼇注：「《左傳》注：鑿謂治米使白。本作糳。凡舂米一石，得三斗爲精，得四爲鑿。」

〔三〕「客來」二句：用晉石崇典故。齊奴：石崇的小名。《晉書·石崇傳》：「崇字季倫，生於青州，故小名齊奴。」咄嗟：一呼一諾之間，形容時間極短。《世説新語·汰侈》：「石崇爲客作豆粥，咄嗟便辦。」

春日

粉蝶耽香夢正迷〔一〕，黄蜂和蜜計何癡〔二〕。小軒無事誰如我，卧看楊花點硯池〔三〕。

【注】

〔一〕「粉蝶」句：暗用莊周夢蝶典（《莊子·齊物論》），謂自己在春花芬芳中春夢連翩。

〔二〕「黄蜂」句：南朝宗懔《荆楚歲時記》：「三月三日，四民并出江渚池沼間，臨清流，爲流觴曲水之飲。是日，取黍麴菜汁作羹，以蜜和粉，謂之龍舌粆，以厭時氣。」句言世俗之人皆隨俗以黄蜂之蜜調和爲餌到水邊飲用，以祈吉祥。這種行爲多麽癡傻，不值得遵順。

〔三〕硯池：洗硯的水池。

答仲和〔一〕

此身安處苦難尋〔二〕，常羡歸鴉易滿林。望遠真成廣武歎〔三〕，得詩空作洛生吟〔四〕。逢人放適村村酒〔五〕，感物悲哀歲歲心。想得濟南花正好，抱城春水一篙深〔六〕。

【注】

〔一〕仲和：李獻可，字仲和，遼東人。世宗元妃之弟。大定十年進士。歷州縣入翰苑，累遷户部員外郎，遷户部侍郎，終於山東提刑使。衛紹王時贈特進，追封道國公。《金史》卷八六有傳，《中州集》卷八有小傳。按劉勳占籍濟南及李獻可終於山東之行跡，應指此人。

〔二〕安處：安定舒適的住處。《詩·小雅·小明》：「嗟爾君子，無恒安處。」唐白居易《四十五》：「老來尤委命，安處即爲鄉。」

〔三〕廣武歎：喻懷才不遇而心不甘。典出《三國志·魏志·阮籍傳》裴松之注引《魏氏春秋》：「（阮籍）嘗登廣武，觀楚、漢戰處，乃歎曰：『時無英才，使豎子成名乎？』」

〔四〕洛生吟：指洛下書生的諷詠聲，音色重濁。東晉士大夫多中原舊族，故盛行爲「洛生詠」。《世説新語·雅量》：「（謝安）望階趨席，方作洛生詠，諷『浩浩洪流』。」劉孝標注引南朝宋明帝《文章志》：「安能作洛下書生詠，而少有鼻疾，語音濁。後名流多斆其詠，弗能及，手掩鼻而吟焉。」

〔五〕放適：放曠閑適。

〔六〕「抱城」句：宋葛立方《大人遊千金訪張仲宗以守舍不得侍行用仲宗韻二首》：「古寺依煙艇，一篙春水深。」濟南古稱泉城，湖泊甚多，句指此。

李澥 四首

澥字公渡，相人〔一〕。少從王内翰子端學詩〔二〕，能行書，工畫山水。就所長論之，詩爲長。性寬緩〔三〕，笑談有味。居京師十五年，日游貴人之門，所至以上客延之。善處世，不爲人所忌嫉，雅有前輩典刑〔四〕。累舉不第，年六十餘，卒於通許、陳留之間〔五〕。

【注】

〔一〕相：宋州名，金時改稱彰德郡、彰德府。治今河南省安陽市。

〔二〕王内翰子端：王庭筠，字子端。大定十六年進士，歷官州縣，仕至翰林修撰。《中州集》卷三有小傳。

〔三〕寬緩：寬容和緩。

〔四〕典刑：即典型，典範。

〔五〕通許：金縣名，屬南京路開封府，今河南省通許縣。陳留：金縣名，屬南京路開封府，今河南省開封市陳留鎮。

漫書〔一〕

胸懷平日窗八達〔二〕，伎倆只今龜六藏〔三〕。唯有閑情如老菊，寒花自信晚能香①〔四〕。

【校】

① 能：毛本作「來」。

【注】

〔一〕漫書：隨意書寫。

〔二〕窗八達：一屋開四窗，觀八方而暢通無阻礙。比喻視野、心胸開闊，與俗俯仰，安常處順，性格溫順平和。

〔三〕伎倆：技藝，本領。龜六藏：謂龜遇危險便將頭尾和四足縮入甲中以避害。後因比喻人的才智不外露或深居簡出，以免招嫉惹禍。語本《雜阿含經》卷四三：「過去時世，有河中草，有龜於中住止。時有野干飢行覓食，遥見龜蟲，疾來捉取，龜蟲見來，即便藏六。野干守伺，冀出頭足，欲取食之。久守，龜蟲永不出頭，亦不出足。」句言如今飽諳世事，明哲保身，不會鋒芒畢露。

〔四〕寒花：寒冷時節開放的花，指菊花。晉張協《雜詩》：「寒花發黄采，秋草含緑滋。」二句意近宋韓琦《九日水閣》：「隨慚老圃秋容淡，且看寒花晚節香。」

二老雪行圖〔一〕

雪明萬仞鄴西山〔二〕，杖履平生幾往還〔三〕。滿眼京塵空對畫〔四〕，何時真似兩翁閑。

【注】

〔一〕詩題：此爲題畫詩。金人同題此畫者還有李獻能，見《中州集》卷六。

〔二〕仞：古代計量單位：一仞等於周尺的八尺或七尺。萬仞：極言其高，常用以形容山峰高峻。鄴：古都邑名。舊址在今河北省臨漳縣西南。

〔三〕杖履：手杖和鞋子。後用爲對老者、尊者的敬稱。

〔四〕京塵：京洛塵。晉陸機《爲顧彦先贈婦》其一：「京洛多風塵，素衣化爲緇。」後以「京洛塵」比喻功名利禄等塵俗之事。

秘書張監墨梅圖　張，南人〔一〕。

眼中只有梅千樹，不掛世間蜂蝶花。十載江南春夢斷，至今清影在君家〔二〕。

【注】

〔一〕秘書張監：或爲張斛。《中州集》卷一小傳：「斛字德容，漁陽人。仕宋爲武陵守。國初理索北歸，官秘書省著作郎……予嘗見其文筆字畫皆有前輩風調。」南人：南宋人。

〔二〕清影：代清新淡雅的梅花。

燈下梅影

丁年夜坐眼如魚〔一〕，老矣而今不讀書。牆角短檠還有用〔二〕，瓦瓶相對一枝疏〔三〕。

【注】

〔一〕丁年：成年；壯年。眼如魚：眼睛如魚眼一樣睜着，不閉合。比喻頭腦清醒，精力充沛。

〔二〕短檠：代指油燈。

〔三〕一枝疏：指梅花。

秦略 一十三首

略字簡夫，陵川人〔一〕。父事軻，有詩名，工作大字〔二〕。簡夫少舉進士不中，即以詩爲業。詩尚雕刻〔三〕，而不欲見斧鑿痕，故頗有自得之趣。《悼亡》一詩，高出時輩，殆荆公所謂「看似尋常最奇崛，成如容易卻艱難」者耶？年六十七卒。臨終留詩云：「軀殼羈棲宅，兒孫邂逅恩。雲山最佳處，隨意着詩魂。」簡夫自號西溪老人，有集行於世。子彦容〔四〕，爲黄冠師，今在平陽〔五〕。

【注】

〔一〕陵川：金縣名，屬河東南路澤州，今山西省陵川縣。

〔二〕大字：形體較大的字。一般指徑寸以上之字。《宋書·劉穆之傳》：「但縱筆爲大字，一字徑尺。」

〔三〕雕刻：喻刻意修飾文辭。

〔四〕彦容：秦志安字。元好問《通真子墓碣銘》：「通真子諱志安，字彦容，出於陵川秦氏。……通真子校書（《道藏》）平陽玄都以總之。」

〔五〕平陽：金府名，屬河東南路，今山西省臨汾市。

拳秀峰〔一〕

平滑石之俗〔二〕，其俗資磨礱〔三〕。磊醜石之秀〔四〕，其秀在醜中。正如古丈夫，貌寢氣質雄〔五〕。又如聖人心，孔竅虛明通〔六〕。大都一拳許〔七〕，含蓄華與嵩〔八〕。大巧本若拙〔九〕，足見造化功〔一〇〕。好處元更多，摹寫不易工。君其善調護〔一一〕，抵擊防兒童〔一二〕。

【注】

〔一〕拳秀峰：按詩意，其爲拳頭大小、玲瓏剔透之小石。

〔二〕平滑：指平展光滑。唐白居易《池上幽境》：「平滑青盤石，低密緑陰樹。」俗：平庸。

〔三〕磨礱：磨治，磨礪。

〔四〕磊：大貌。

〔五〕寢：醜陋。《晉書·文苑傳·左思》：「貌寢，口訥，而辭藻壯麗。」

〔六〕「孔竅」句：《韓非子·解老》：「知治人者其思慮靜，知事天者其孔竅虛。」孔竅：指心竅。虛明：空明。喻胸懷廓達，洞明事性。

〔七〕一拳許：一拳頭大小。句謂心臟的大小與自己的拳頭相仿。

〔八〕含蓄：包含。華與嵩：華山與嵩山。比喻心胸寬廣。

〔九〕「大巧」句：用《老子》語：「大直若屈，大巧若拙，大辯若訥。」此指拳秀峰。

〔一〇〕造化：指自然界，大自然。

〔一一〕君：指拳秀峰。調護：調理保護。

〔一二〕抵擊：觸撞。

雪行

匹馬東來冰雪天，蒼山手冷墮吟鞭〔一〕。煙中仿佛聞雞犬，不覺人家到眼前〔二〕。

【注】

〔一〕吟鞭：詩人的馬鞭。多以形容行吟的詩人。

〔二〕「煙中」二句：漢王充《論衡·道虛》：「淮南王學道……王遂得道，舉家升天，畜産皆仙，犬吠於天上，雞鳴於雲中。此言仙藥有餘，犬雞食之，并隨王而升天也。」二句暗用此典，言其在山雲繚繞中隱隱綽綽聽見雞犬之聲，如置身仙境，走至近處才忽然發現人家，恍然大悟。

鳥影過寒塘

着眼分明莫作疑，從來形影本同歸〔一〕。不應水底青天上，更有飛禽仰面飛。

【注】

〔一〕形影同歸：即形影相隨。

悼亡

自古生離足感傷〔一〕，爭教死別便相忘〔二〕。荒陂何處墳三尺〔三〕，老眼他鄉淚數行〔四〕。多事春風吹夢散，無情寒月照更長〔五〕。還家恰是新寒節〔六〕，忍見堂空紙掛牆〔七〕。

【注】

〔一〕「自古」句：《楚辭·九歌·少司命》：「悲莫悲兮生別離，樂莫樂兮新相知。」王逸注：「屈原思神略畢，憂愁復出，乃長歎曰：『人居世間，悲哀莫痛與妻子生別離傷，已當之也。』」《古詩十九首·行行重行行》：「行行重行行，與君生別離。」南朝梁江淹《別賦》：「黯然銷魂者，唯別而已矣。」

〔二〕爭教：怎麼能教。死別：難以再見或永久的別離。杜甫《垂老別》：「老妻卧路啼，歲暮衣裳單。孰知是死別，且復傷其寒。」

〔三〕墳三尺：古制士墳高三尺。《吴越春秋·越王無餘外傳》：「遂已耆艾將老，歎曰：『吾晏歲年暮，壽將盡矣，止絶斯矣。』命群臣曰：『吾百世之後，葬我會稽之山，葦槨桐棺，穿壙七尺，下無及泉，墳高三尺，土階三等。』」

〔四〕「老眼」句：秦略自陵川避亂南渡，居嵩山。見元好問爲其子所撰《通真子墓碣銘》。

〔五〕「多事」二句：謂自己夢中與亡妻再聚，卻被多管閒事的春風吹醒，在牀上兩眼直瞪，月光如水，倍覺夜長。唐元稹《遣悲懷三首》其三：「唯將終夜長開眼，報答平生未展眉。」

〔六〕「還家」句：按元好問《送詩人秦略簡夫歸蘇墳别業》，秦略在河南郟縣三蘇墳有别業。句謂自别業歸嵩山之家。寒節：寒食節，有祭掃習俗。

〔七〕紙掛牆：指掛在牆上的遺像，或祭奠亡人的字幅。

元日〔一〕

新曆從頭數，殘冬與我違。不知垂老至，但覺拜人稀。汲水泥融井，看書暖入幃。淺情牆外柳〔二〕，新緑已依依〔三〕。

【注】

〔一〕元日：正月初一。《書・舜典》：「月正元日，舜格于文祖。」孔傳：「月正，正月元日，上日也。」《文選・張衡・東京賦》：「於是孟春元日，群后旁戾。」薛綜注：「言諸侯正月一日從四方而至。」

〔二〕淺情：薄情。

〔三〕依依：形容樹枝柔長，隨風摇擺的樣子。《詩·小雅·采薇》：「昔我往矣，楊柳依依。」

贈趙宜之〔一〕

年時見君行路難〔二〕，喜於長安新得官〔三〕。日來見君鄰婦哭〔四〕，驚似藍田尋得玉〔五〕。愛官愛玉樂有涯，愛君之詩無盡期。古人骨冷不復作〔六〕，主張騷雅非君誰〔七〕。

【注】

〔一〕趙宜之：趙元，字宜之。定襄（今山西省定襄縣）人，避亂南渡，居三鄉（今河南省宜陽縣）。

〔二〕年時：當年，往年時節。行路難：樂府雜曲歌辭名。内容多寫世路艱難和離情别意。

〔三〕「喜於」句：言看了趙氏《行路難》詩，擊節贊賞，欣喜之情勝於得官。趙氏此詩《中州集》未收，已佚。

〔四〕日來：近來。鄰婦哭：趙元有詩《鄰婦哭》：「鄰婦哭，哭聲苦，一家十口今存五。我親問之亡者誰？兒郎被殺夫遭虜。鄰婦哭，哭聲哀，兒郎未埋夫未回。燒殘破屋不暇葺，田疇失鋤多草萊。鄰婦哭，哭不停，應當門户無餘丁。追胥夜至星火急，并州運米雲中行。」

〔五〕藍田：陝西省藍田縣，以産玉而著名。

〔六〕「古人」句：言前賢已身入九泉，不會再世。

〔七〕騷雅：《離騷》與《詩經》中《大雅》、《小雅》的並稱。借指由《詩經》和《離騷》所奠定的古詩優秀風格和傳統。元好問《送詩人秦略簡夫歸蘇墳別業》：「三月不見君，渴心欲生塵。論文一樽酒，雅道誰當陳。」將此與秦對趙元反映社會現實詩作的高度評價合觀，知此翁亦力主《詩經》實寫民生災難的理念。

白髮

臨水時自照，照我須與眉。須眉何所似，恰似純白絲。從茲一白後，寧有再黑時。譬如花落地，不復還故枝。殷勤語須眉〔一〕，聽我自解詩〔二〕。幼小癡讀書，既壯多憂思。自苦有冰蘗〔三〕，自潤無膏脂〔四〕。勞生到今日〔五〕，汝白將何辭。

【注】

〔一〕殷勤：指情意懇切深厚。

〔二〕自解詩：對自己所以如此的根由，作詩以自解。

〔三〕冰蘗：喻寒苦而有操守。唐劉言史《初下東周贈孟郊》：「素堅冰蘗心，潔持保賢貞。」

〔四〕膏脂：脂膏，油脂。此指爲官之利禄及財力。

〔五〕勞生：指辛苦勞累的生活。語自《莊子·大宗師》：「夫大塊載我以形，勞我以生，佚我以老，息我以死。」

同希顔裕之賦樂真竹拂子〔一〕

覓箇龜毛抵死難〔二〕，直教擊碎釣魚竿。世人不用生分别〔三〕，信手拈來總一般〔四〕。

【注】

〔一〕希顔：雷淵，字希顔。裕之：元好問，字裕之。竹拂子：用竹製成的拂塵。

〔二〕龜毛：比喻不可能存在或有名無實的東西。《楞嚴經》卷一：「世間虚空，水陸飛行，諸所物象，名爲一切，汝不著者，爲在爲無，無則同于龜毛兔角。」抵死：分外，格外。

〔三〕生：硬，强。分别：佛教語。謂凡夫之虚妄計度。唐白居易《答次休上人》：「禪心不合生分别，莫愛餘霞嫌碧雲。」

〔四〕信手拈來：信手：隨手。拈：拈取。一般：同樣無二。唐王建《宫詞》之三五：「雲駮花騣各試行，一般毛色一般纓。」二句謂製做拂塵不必追求世所罕見的材料，隨手取竹而成即可。其于注重實效之「樂真」是一般無二的。

少室山卓劍峰〔一〕

神威洗盡世間讐〔二〕，電歇雷閑怒氣收。一柄太阿留少室〔三〕，卻擘空掌華山頭〔四〕。

【注】

〔一〕少室山：又名「季室山」。相傳夏禹妻塗山氏之妹棲於此，人於山下建少姨廟敬之，故山名謂「少室」。卓劍峰：位於少室山，在魚脊背左，有一山峰拔地而起，像一把利劍直刺雲天，故稱。

〔二〕神威：神奇强大的威力。

〔三〕太阿：古代名劍。亦作「泰阿」。

〔四〕空掌：巨靈掌，華山峰名。

此身

此身日日一簞貧〔一〕，貧裏留殘自在身〔二〕。獨把笻枝行又立〔三〕，東風花柳不嗔人。

【注】

〔一〕一簞貧：生活清貧艱苦。《論語·雍也》：「一簞食，一瓢飲，在陋巷，人不堪其憂，回也不改其樂。賢哉回也！」

〔二〕留殘：延續殘年。

〔三〕笻枝：笻竹杖。用笻竹所製的手杖。

穀䴭䴭上黨公府作〔一〕

穀䴭䴭，青割將來强半粃〔二〕。急忙舂米送官倉，只恐秋風馬塵起〔三〕。官倉遠在蕎麥山〔四〕，南梯直上青雲間。梯危一上八九里，之字百折縈迴環〔五〕。憑誰説向監倉使〔六〕，斛面莫教高一指〔七〕。請君沿路看擔夫〔八〕，汗顆多於所擔米。

【注】

〔一〕䴭䴭：隨風倒伏貌。上黨公：金末封建九公之一張開。《金史·張開傳》：「張開，賜姓完顔氏，景州人。……（興定）四年封上黨公，以澤、潞、沁州隸焉。」後其地不守，移軍河南。

〔二〕粃：秕，子實不飽滿。

〔三〕秋風馬塵：古代北方遊牧民族入侵中原往往選擇草黄馬肥的秋季。此指蒙古大軍來臨，金人稱爲「防秋」，在秋來之前要給前線守軍送糧。

〔四〕蕎麥山：山名。因狀如蕎麥而得名。在今河南省汝州市西南蟒川鄉。

〔五〕之字：即之字型盤山路。

〔六〕監倉使：監督倉庫的官員。

〔七〕斛面：官吏收賦糧時的一種額外聚斂。宋周密《齊東野語·景定行公田》：「每鄉創官莊一所，每租一石，明減二斗，不許多收斛面。」

〔八〕擔夫：挑運糧食輸賦的人。

麝香〔一〕

山麝逃風遠谷藏〔二〕，一山行過四山香。臍堂自養千鈞弩〔三〕，枉怨虞人鼻孔長〔四〕。

【注】

〔一〕麝香：雄麝臍部香腺中的分泌物。乾燥後呈顆粒狀或塊狀，作香料或藥用。

〔二〕山麝：又稱爲麝獐、香獐，前肢短，後肢長，蹄小耳大，雌雄都無角。雄獸臍有麝囊，能分泌麝香。

〔三〕臍堂：肚臍裏。千鈞弩：力量極强的弓。均：三十斤的力量。弩：用機械發箭的弓。句言山麝因香而自致其禍，意本《莊子·人間世》：「山木自寇也，膏火自煎也。桂可食，故伐之；漆可用，故割之。」成玄英疏：「膏能明照，以充燈炬，爲其有用，故被煎燒。豈獨膏木，在人亦然。」

〔四〕枉怨：白白地怨恨，錯誤地怨恨。虞人：古代掌管山林的官，此指獵人。鼻孔長：指嗅覺靈敏。

趙洛道中〔一〕

柔青初散隴頭桑，村落人家布穀忙〔二〕。一段蕪菁渾着角〔三〕，葉間猶有幾花黄。

【注】

〔一〕趙洛：《大清一統志》卷一七四《汝州》「關隘」下云：「趙洛鎮，在州東三十里。今爲趙洛鋪。又州西北六十里，今爲臨汝鎮。《九域志》：梁縣有趙洛鎮，臨汝鎮。」

〔二〕布穀：布穀鳥，即大杜鵑，每當春末夏初開始鳴叫，叫聲「布穀」似在提醒人們播種穀物。

〔三〕蕪菁：二年生草本植物，塊狀根，形狀有球形、扁球形、橢圓形多種。渾：全。

張琚 二首

琚字子玉，河中人〔一〕。父鉉，字鼎臣，大定中第進士，仕至同知定國節度使事。子玉刻意於詩，五言其所長也。如《初至華下》云：「老雨梧桐夜，孤燈蟋蟀秋。」《客同州》云：「秋風留客館，夜雨借僧氈。」詩人喜稱道之，至有「張五字」之目。集號「韋齋」。

【注】

〔一〕河中：金府名，屬河東南路，治今山西省永濟市。

移河中〔一〕

耕戰連年廢，吾知有此行〔二〕。條山猶在眼〔三〕，渭水若爲情〔四〕。飽肉豺狼喜〔五〕，傾巢燕雀驚〔六〕。西樓今夜月，愁絶是空城。

【注】

〔一〕移：指逃離。河中：金府名，屬河東南路，治今山西省永濟市。

〔二〕「耕戰」二句：《商君書・慎法》：「故吾教令：民之欲利者非耕不得，避害者非戰不免。境内之民，莫不先務耕戰，而後得其所樂。」《史記・范雎蔡澤列傳》：「吴起爲楚悼王立法……禁遊客之民，精耕戰之士。」二句言這種農耕與備戰相協，民兵合一的傳統久已廢棄，因此我早知有故土難守、避兵外逃的後果。

〔三〕條山：即中條山。位於山西西南部，因居太行山及華山之間，山勢狹長，故名中條。

〔四〕「渭水」句：古樂府《隴水歌辭》：「隴頭流水，鳴聲幽咽。遥望秦川，心肝斷絶。」詩用此意。渭水：黄河第一大支流，發源於甘肅省渭源縣的鳥鼠山，由陝西潼關匯入黄河。若爲情：猶言何以爲情或難以爲情。五代毛滂《小重山》詞：「江山雄勝爲公傾。公惜醉，風月若爲情？」句言自己要離别家鄉，渭水亦汩汩嗚嗚，哀聲不絶。

〔五〕豺狼：指蒙古入侵者。

〔六〕傾巢：傾覆鳥巢。句謂百姓在戰火中家園覆滅。

秋夜

人與年華老，愁兼節物雙〔一〕。高風梧墮砌〔二〕，久雨竹侵窗。客簟悲秋卧〔三〕，僧鐘數夜撞〔四〕。更堪衰鬢影，蕭颯照寒釭〔五〕。

【注】

〔一〕「人與」二句：言自己的年紀與一年四季之秋一樣，已過大半，進入衰老之境。自己的悲愁與秋季的肅殺、蕭條、淒涼、衰敗的景物疊加。節物：各個季節的風物景色。

〔二〕砌：臺階。

〔三〕簟：葦席或竹席。《詩·小雅·斯干》：「下莞上簟，乃安斯寢。」鄭玄箋：「竹葦曰簟。」

〔四〕僧鐘：寺鐘。

〔五〕蕭颯：蕭條冷落；蕭索。寒釭：寒燈。

馬編修天來 一首

天來字雲章，人止謂之元章，介休人〔一〕。黄裳牓經義進士〔二〕。博學多技能，畫入神品〔三〕，百年以來無出其右者〔四〕。屏山常言天下辯士有三〔五〕：王仲澤、馬元章，純甫其一也〔六〕。元章住太學十九年，貧苦之極，人所不能堪，然其談笑自若也。大安初，調潁州司候、靈璧簿〔七〕，召爲國史院編修官。正大九年病殁於京師，年六十一。劉紹宣有贈詩云〔八〕：「波瀾口頰談玄駛，土木形骸與世違。疇昔麻鞋見天子，只今道服勝朝衣。」蓋實録也。元章多作詩，欲別出盧仝、馬異之外〔九〕。又多用俳體作讖刺語〔一〇〕，如云：「木偶衣冠休嚇我，瓦伶口頰欲謾誰〔一一〕。」「嚙骨取肥屠肆狗，哺糟得醉酒家豬。」如此之類，不得不謂之乏中和之氣〔一二〕。至其《賦丹霞下寺竹》云：「人天解種不秋草，欲界獨爲無色花。」《雪》云：「夜來窗外渾疑月，今日牆頭不見山。」末云：「先生睡起騎驢看，太素一游非世間。」《龍門》云：「白含雲竇雪，青補石門天。」則知詩者，亦當以功擠過耳〔一三〕。

【注】

〔一〕介休：金縣名，屬河東北路汾州，今山西省介休市。

〔二〕黄裳：（崇慶二年）至寧元年詞賦狀元。同年及第者還有宋九嘉、冀禹錫、商衡等。經義：科舉考試科目之一。宋代以經書中文句爲題，應試者作文闡明其義理，故稱。

〔三〕神品：最精妙的文藝作品。一般多用以指書畫。唐張彦遠《法書要録·張懷瓘·書斷》：「今妙跡雖絶于世，考其遺法，肅若神明，故可特居神品。」

〔四〕右：上。

〔五〕屏山：李純甫，號屏山居士。辯士：能言善辯之士。

〔六〕王仲澤：王渥，字仲澤。興定二年進士，曾任尚書省掾，左右司員外郎等。博學善論，工尺牘，詩有佳句。《金史》卷一一〇有傳，《中州集》卷六、《歸潛志》卷二有小傳。

〔七〕潁州：金州名，屬南京路，今安徽省阜陽市。靈璧：金縣名，屬南京路宿州，今安徽省靈璧縣。

〔八〕劉紹宣：即劉少宣。劉勳字少宣，濟南人。南渡後專於詩學，見《中州集》卷七。

〔九〕盧仝：范陽（治今河北省涿州市）人。中唐詩人。早年隱少室山，自號玉川子。刻苦讀書，博覽經史，工詩文，不願仕進。後遷居洛陽。家境貧困，性格狷介，詩風奇詭險怪，人稱「盧仝體」。馬異：河南洛陽人，一説睦州（今浙江省建德市）人。中唐詩人。性高疏，詞調怪澀。盧仝以爲同志，與之訂交。其詩風格與盧仝同，有集傳世。

〔一〇〕俳體：即俳諧體。舊時詩文中内容詼諧的遊戲之作稱俳諧體。

〔一一〕瓦伶：陶製的偶像。

〔一二〕中和：中正平和。

〔一三〕揜：遮蔽，掩蓋。

山中

青林寂寂鳥關關〔一〕，晝出風煙落照間〔二〕。脱卻草鞋臨水坐，野雲分我一邊閑。

【注】

〔一〕寂寂：寂靜無聲貌。關關：鳥類雌雄相和的鳴聲。亦泛指鳥鳴聲。

〔二〕落照：夕陽的餘暉。唐姚合《霽後登樓》：「爲有登臨興，獨吟落照中。」

張内翰本 一十首

本字敏之，觀津人〔一〕，貞祐二年進士。工於大篆及八分〔二〕。四十歲後學詩，詩殊有古意。正大九年，以翰林學士從曹王出質〔三〕，客居燕京長春宫將十年〔四〕。後游濟南，病卒。

【注】

〔一〕觀津：古地名，金稱觀城縣，屬大名府路開州，今屬山東聊城市。又今河北省武邑古亦稱觀津。

〔二〕大篆：漢字書體的一種。相傳周宣王時史籀所作，故亦名籀文或籀書。秦時稱爲大篆，與小篆相區别。《漢書·藝文志》「《史籀》十五篇」唐顔師古注：「周宣王太史作大篆十五篇。」八分：俗稱「隸書」，又稱「漢隸」，漢字書體名，字體似隸而體勢多波磔。其命名説法不一，或以爲二分似隸，八分似篆，故稱八分；或以爲漢隸的波磔，向左右分開，「漸若八字分散」，故名八分。見唐張懷瓘《書斷上》。

〔三〕「以翰」句：劉祁《歸潛志》卷一一「録大梁事」：「天興元年三月，北兵迫南京，上下震恐。朝議封皇兄荆王守純子肅國公某爲曹王，命尚書右丞李蹊等奉以爲質子於軍前，擢應奉翰林文字張本爲翰林侍講學士，從以北。」曹王：荆王完顔守純子，曾封爲肅國公。

〔四〕燕京：金中都，今北京市。因春秋戰國時爲燕國國都而得名。長春宮：今北京白雲觀。據李養正《新編北京白雲觀志》：白雲觀最早建於唐玄宗時，稱天長觀。金大定七年重修擴建，名十方大天長觀。泰和二年遭火，第二年重建，改號爲「太極宮」。貞祐南渡後，年久失修。一二二四年，丘處機住太極宮，命弟子修葺，三年而成。一二二七年，成吉思汗諭旨改太極宮爲長春宮。第二年，丘處機弟子尹志平在長春宮東側建白雲觀，爲長春宮下院。元末，長春宮毁於兵燹，僅剩白雲觀。

得王子正書〔一〕

晨鵲何處來〔二〕，飛鳴向前除〔三〕。故人在天涯〔四〕，遺我尺素書〔五〕。爲言長相思，夢寐同所居。所居亦靡他〔六〕，上論揖讓初〔七〕。覺來獨愴然〔八〕，淡月留太虛〔九〕。蹇予臨末路〔一〇〕，世味皆泊如〔一一〕。一學未敢輟，尚念客氣鉏〔一二〕。切磋與琢磨〔一三〕，政恐朋友疏。自從吾子東〔一四〕，門乏長者車〔一五〕。發揮天人奥〔一六〕，大辯孰起予〔一七〕。丹陽何高明〔一八〕，吾子昔所廬。南軒拂翠筠〔一九〕，北潭照紅蕖〔二〇〕。蝗害非不虐，子食豈無餘〔二一〕。灤江固自佳〔二二〕，何堪曳長裾〔二三〕。春風日夕至，歸哉莫踟躕〔二四〕。

【注】

〔一〕王子正：王元粹，字子正。平州（今河北省盧龍縣）人。系出遼衣冠世家，年十八九，作詩便有高趣。正大末，爲南陽酒官，遭亂流寓襄陽。襄陽破，隻身北歸，寄食燕中，遂爲黄冠師。《中州集》卷七有小傳。

〔二〕晨鵲：古人有聞鵲見喜之説。

〔三〕前除：屋前臺階。

〔四〕故人：舊交，老友。

〔五〕「遺我」句：漢樂府《飲馬長城窟行》：「客從遠方來，遺我雙鯉魚。呼童烹鯉魚，中有尺素書。長跪讀素書，書中竟何如。上有加餐食，下有長相憶。」尺素：小幅的絲織物，如絹、帛等。

〔六〕靡他：無他，没有别的。

〔七〕揖讓：本指賓主相見的禮儀。此指二人早年初次相見。

〔八〕愴然：悲傷貌。

〔九〕太虚：指天，天空。《文選·孫綽·遊天臺山賦》：「太虚遼廓而無閡，運自然之妙有。」李善注：「太虚，謂天也。」

〔一〇〕蹇：困厄，不順利。《易·蹇》：「彖曰：蹇，難也，險在前也。」末路：窮途末路，朝代鼎革。

〔一一〕世味：指世人的所好。泊如：恬淡無欲貌。

〔一二〕客氣：驕矜之氣。《宋書·顔延之傳》：「高自比擬，客氣虚張。」

〔一三〕切磋與琢磨：本指器物加工的工藝。《爾雅·釋器》：「骨謂之切，象謂之磋，玉謂之琢，石謂之磨。」後用於比喻在道德、學問方面互相研討勉勵。語本《詩·衛風·淇奥》：「有匪君子，如切如磋，如琢如磨。」

〔一四〕吾子：古時對人的尊稱，比稱「子」更親切。此處指寄書來的王子正。

〔一五〕長者：指德高望重的人。《韓非子·詭使》：「重厚自尊謂之長者。」

〔一六〕發揮：闡發，把意思或道理充分表達出來。天人奥：自然與社會的奥秘。

〔一七〕大辯：能言善辯。起予：《論語·八佾》：「子曰：『起予者，商也，始可與言《詩》已矣。』」何晏集解引包咸曰：「孔子言子夏能發明我意，可與共言《詩》。」後因用爲啟發自己之意。

〔一八〕丹陽：應指名爲丹陽的道觀。

〔一九〕翠筠：緑竹。

〔二〇〕紅蕖：紅荷花。蕖，芙蕖。

〔二一〕「子食」句：言友人的食糧是否充足。

〔二二〕灤江：灤河。古稱濡水，發源於河北省北部，流入渤海。

〔二三〕「何堪」句：漢鄒陽《上吴王書》：「飾固陋之心，則何王之門不可曳長裾乎？」後爲寄食權貴門下之典。曳：拖拉。裾：衣服的大襟。

〔一四〕踟躕：猶豫，遲疑。

寄弟

離離丘壟田〔一〕，鬱鬱霜露思〔二〕。相隔二十年，旦暮一何悲〔三〕。中途涉萬里，天幸復來歸〔四〕。燕安此懷居〔五〕，愧彼神與祇〔六〕。叔兮孝且友〔七〕，見義能不疑〔八〕。上念先塋孤〔九〕，亦閔乃兄癡。護喪營大葬〔一〇〕，勤苦我所知。昨朝尺書來〔一一〕，殷勤咸及兹〔一二〕。燈下展轉讀，涕淚沾裳衣。父祔失臨穴〔一三〕，子焉庸我爲〔一四〕。我非羽毛寄〔一五〕，飽食冥然飛〔一六〕。田居有素懷〔一七〕，行當事畬菑〔一八〕。與子奉遺祀〔一九〕，没身以爲期〔二〇〕。

【注】

〔一〕離離：曠遠貌。丘壟：墳墓。《禮記·月令》：「（孟冬之月）塋丘壟之大小、高卑、厚薄之度，貴賤之等級。」孫希旦集解：「墓域曰塋，其封土而高者曰丘壟。」

〔二〕鬱鬱：在心中積聚而不得發洩的憂懷。霜露思：對父母先祖的思念。《禮記·祭義》：「霜露既降，君子履之，必有悽愴之心，非其寒之謂也。」鄭玄注：「非其寒之謂，謂悽愴及怵惕皆爲感時念親也。」

〔三〕「旦暮」句：《禮記·曲禮下》：「凡爲人子之禮，冬温而夏清，昏定而晨省。」句謂自己在每日之早晚想到未能歸省瞻拜父母之墳，心中特别悲傷。

〔四〕「中途」二句：言自己從遥遠的北方，僥幸南歸。小傳云：「正大九年，以翰林學士從曹王出質，客居燕京長春宫將十年，後遊濟南。」二句或指此。

〔五〕燕安：安適滿足。懷居：所懷念的故居。

〔六〕祇：地神。

〔七〕叔：古時兄弟長幼順序常用「伯、仲、叔、季」或「孟、仲、叔、季」表示，「叔」表示行三。《儀禮・士冠禮》：「曰伯某甫，仲叔季唯其所當。」鄭玄注：「伯仲叔季，長幼之稱。」此指詩題中所寄之弟。孝且友：孝友。事父母孝順，對兄弟友愛。《詩・小雅・六月》：「侯誰在矣，張仲孝友。」毛傳：「善父母爲孝，善兄弟爲友。」

〔八〕「見義」句：言認識到該做的事就能義無反顧地踐行。義者，宜也。

〔九〕先塋：先人墳塋。

〔一〇〕護喪：主持辦理喪事。大葬：泛指正式葬禮。

〔一一〕尺書：指書信。

〔一二〕殷勤：情意深厚。咸：全。及兹：談及這些。

〔一三〕祔：合葬。《禮記・檀弓上》：「周公蓋祔。」鄭玄注：「祔，謂合葬。」孔穎達疏：「周公以來，蓋始祔葬。祔即合也，言將後喪合前喪。」臨穴：語出《詩・秦風・黄鳥》：「臨其穴，惴惴其慄。」句謂父母合葬之際，自己遠在他方，未能墳前拜哭。

〔一四〕庸：用。句言自己未盡到兒子的責任，父母養育自己又有何用。

〔一五〕羽毛：鳥獸的代稱。

〔一六〕冥然：高遠的空際。宋王安石《餘寒》：「冥冥鴻雁飛，北望去成行。」二句言自己未盡子職，如同禽獸長成之後即遠奔他方。

〔一七〕素懷：指平素的希望。

〔一八〕行當：正應。唐高適《河西送李十七》：「高價人爭重，行當早着鞭。」畬菑：耕耘。

〔一九〕遺祀：指前代傳下的宗祠。

〔二〇〕没身：終身。

梁都運斗南新居落成〔一〕

購材燕市中〔二〕，作室何翹翹〔三〕。老手爲拮据〔四〕，百日不敢驕〔五〕。室成僅容膝〔六〕，勃谿益無聊〔七〕。云胡寫予懷〔八〕，惟是風雨宵〔九〕。先生名大夫，黼衣華四朝〔一〇〕。楓堂接桂室〔一一〕，燕處俱逍遥〔一二〕。新築誠瑣兮〔一三〕，貧飲稱一瓢〔一四〕。居之不自陋，無乃壯志消。孰知君子心，一念恒萬朝〔一五〕。滔滔寧我盈〔一六〕，凛凛不吾凋①〔一七〕。處樂及處約〔一八〕，所以長囂囂〔一九〕。

里社來落成，賤子亦見招〔二〇〕。槃餐無兼味〔二一〕，至樂等聞韶〔二二〕。我獨何人斯〔二三〕，永惟德音昭〔二四〕。日居及月諸〔二五〕，維此心摇摇〔二六〕。

【校】

① 吾：毛本作「我」。

【注】

〔一〕梁都運斗南：梁陟，字斗南，良鄉（今北京市房山區）人。金明昌二年進士，官至同知南京路都轉運使。金亡，任燕京編修所長官。終老於家。參見《續夷堅志·天賜夫人》、元袁桷《封薊國公謚忠哲梁公行狀》。

〔二〕燕市：燕京的集市。

〔三〕「作室」句：本《詩·豳風·鴟鴞》：「予室翹翹，風雨所漂摇。」毛傳：「翹翹，危也。」鄭箋：「巢之翹翹而危，以其所托枝條弱也。」二句言所買的建房木材不好，所建房屋不夠堅固結實。

〔四〕拮据：勞苦操作；辛勞操持。《詩·豳風·鴟鴞》：「予手拮据。」陸德明釋文：「韓《詩》云：『口足爲事曰拮据。』」鄭箋：「此言作之至苦，故能攻堅。」

〔五〕驕：怠慢；輕視。

〔六〕容膝：僅能容納雙膝。形容居室之狹小。

〔七〕勃谿：亦作「勃磎」。吵架，爭鬥。語自《莊子・外物》：「室無空虛，則婦姑勃磎。」句言因家人聚居一室，鬧聲嘈雜，心情更加煩悶。

〔八〕云胡：爲什麽。《詩・鄭風・風雨》：「既見君子，云胡不夷？」毛傳：「胡，何。」

〔九〕風雨宵：用「風雨如晦」典。《詩・鄭風・風雨》：「風雨如晦，雞鳴不已。」後用喻在惡劣環境中而不改變氣節操守。

〔一〇〕黼衣：繡有黑白斧形的禮服。《荀子・哀公》：「黼衣、黻裳者，不茹葷。」楊倞注：「黼衣、黻裳，祭服也。白與黑爲黼。」四朝：梁陟明昌二年進士，歷仕章宗、衛紹王、宣宗、哀宗四朝。

〔一一〕楓堂、桂室：泛指華美的廳堂卧室。

〔一二〕燕處：退朝而處，閑居。逍遥：優遊自得，安閑自在。《莊子・逍遥遊》：「彷徨乎無爲其側，逍遥乎寢卧其下。」成玄英疏：「逍遥，自得之稱。」

〔一三〕瑣：細碎，細小。《後漢書・班固傳》：「慝亡迴而不泯，微胡瑣而不頤。」李賢注：「瑣，小也。」

〔一四〕「貧飲」句：《論語・雍也》：「賢哉回也！一簞食，一瓢飲，在陋巷，人不堪其憂，回也不改其樂。」後因以喻生活簡單清苦安貧樂道。

〔一五〕「居之」四句：本《論語・子罕》：「子欲居九夷。或曰：『陋，如之何？』子曰：『君子居之，何陋之有？』」言身居陋室而不嫌其陋，這莫非是壯志消沉了嗎？哪知士夫飽學儒經，其「君子居之，何陋之有」的理念一經確立，則永久不變。一念：一動念間；一個念頭。南朝梁沈約《卻出東西門行》：「一念起關山，千里顧兵窟。」

〔一六〕滔滔：《論語·微子》：「滔滔者，天下皆是也。」指像洪水泛濫一樣的壞東西。句言世風日壞，我豈能推波助瀾。

〔一七〕「凜凜」句：句用《論語·子罕》：「歲寒，然後知松柏之後彫也。」言時窮節乃見，在此嚴寒肅殺之際，自己要像四季常青的松柏一樣依然故我，絶不改節。

〔一八〕「處樂」句：《論語·里仁》：「子曰：『不仁者不可以久處約，不可以久處樂。仁者安仁，知者利仁。』」處約：居於窮困之中。

〔一九〕囂囂：自得無欲貌。《孟子·盡心上》：「人知之，亦囂囂；人不知，亦囂囂。」趙岐注：「囂囂，自得無欲之貌。」二句言有仁德的人擇居「里仁爲美」，不管其華美還是簡陋，都能以平常心待之，所以能自得其樂。

〔二〇〕「里社」二句：言梁陟新居落成，里社之人都來慶賀，我亦屬於被邀之列。賤子：謙稱自己，自謙之詞。

〔二一〕兼味：兩種以上的菜肴。

〔二二〕至樂：最大的快樂。聞韶：謂聽美好樂曲。《論語·述而》：「子在齊聞《韶》，三月不知肉味，曰：『不圖爲樂之至於斯也！』」《韶》，傳爲舜時的樂名，孔子推爲盡善盡美。二句言承蒙盛情相邀，雖飲食不夠豐盛，但其人品和情誼使人至感歡樂，像孔子聞《韶》忘肉一般。

〔二三〕何人斯：語本《詩・小雅・何人斯》。斯，用于句末的語氣詞。

〔二四〕德音：合乎仁德的好名聲。《詩・小雅・南山有臺》：「樂只君子，德音不已。」昭：《詩・大雅・雲漢》：「倬彼雲漢，昭回于天。」朱熹集傳：「昭，光也。回，轉也。言其光隨天地而轉也。」二句言自己亦是儒學之士，永遠向往、追隨德高望重者。《論語・里仁》：「子曰：『德不孤，必有鄰。』」何晏集解：「方以類聚，同志相求，故必有鄰，是以不孤。」二句即此意。

〔二五〕日居月諸：日月。居、諸，語氣助詞。《詩・邶風・日月》：「日居月諸，照臨下土。」毛傳：「日乎月乎，照臨之也。」後用以指歲月流逝。

〔二六〕心搖搖：《詩・王風・黍離》：「行道靡靡，中心搖搖。」孔穎達疏：「《戰國策》云：楚威王謂蘇秦曰：『寡人心搖搖然如懸旌，而無所終薄。』然則搖搖是心憂無所附著之意。」二句言多年以來，自己無心儀之人追隨歸附，內心憂傷。如今終有梁陟在此，物以類聚，德不孤矣。

中秋雨夕呈君美〔一〕

怪得秋雲不肯晴，天公爲惜此杯傾〔二〕。無邊清景關人意，多事西風送雨聲〔三〕。桂樹婆娑辜勝賞〔四〕，桐枝點滴厭殘更〔五〕。殷勤朝鏡休重攬〔六〕，白髮星星又幾莖〔七〕。

【注】

〔一〕君美：其人不詳。金代另有李革，字君美，號治中。《金史》卷九九載：「李革，字君美，河津人。……讀書一再誦，輒記不忘。大定二十五年進士，調真定主簿察廉，遷韓城令同知州事。」但從時間上來看，應該不是此人。

〔二〕「怪得」二句：言中秋之夜正當以酒佐樂，誰想天公不作美，好像有意讓我不飲。

〔三〕「無邊」二句：言中秋之夜，皓月當空，萬里無雲，此乃自己最向往的清麗美景，可恨西風多事，催雲送雨，大煞風景，竟使興致全無，實屬可惱。

〔四〕桂樹：傳説月中有桂樹，故用以代稱。勝賞：暢快的觀賞。

〔五〕「桐枝」句：用晚唐温庭筠《更漏子》詞：「梧桐樹，三更雨，不道離情更苦。一葉葉，一聲聲，空階滴到明。」殘更：舊時將一夜分爲五更，第五更時稱殘更。

〔六〕殷勤：懇切叮嚀。

〔七〕星星：頭髮花白貌。晉左思《白髮賦》：「星星白髮，生於鬢垂。」

九日月中對菊同禧伯郎中賦　六首〔一〕

花上清光花下陰，素娥惜此萬黄金〔二〕。一杯寒露三更後，誰信幽人更苦心〔三〕。

【注】

〔一〕九日：指農曆九月九日重陽節。《藝文類聚》卷四引南朝梁吴均《續齊諧記》：「今世人每至九日，登山飲菊酒。」禧伯：王萬慶，字禧伯，號澹游，蓋州熊嶽（今遼寧省蓋州市熊嶽鎮）人，王庭筠子。仕金至行尚書省左右司郎中，入元後曾副梁陟主持經籍所與編修所，後又爲燕京路提舉學校官。詩筆書畫，皆有父風。

〔二〕素娥：嫦娥的别稱，亦用作月的代稱。《文選·謝莊·月賦》：「引玄兔於帝臺，集素娥於後庭。」李周翰注：「嫦娥竊藥奔月，因以爲名。月色白，故云素娥。」萬黄金：喻菊。

〔三〕幽人：指幽居之士。

又

九日餘香伴月明，一觴亦足暢幽情〔一〕。青樓夜半琵琶語〔二〕，不説人間有此清〔三〕。

【注】

〔一〕幽情：鬱結、隱秘的感情。唐白居易《琵琶行》：「别有幽情暗恨生，此時無聲勝有聲。」

〔二〕青樓：妓院。琵琶語：《宋書·樂志一》：「傅玄《琵琶賦》曰：『漢遣烏孫公主嫁昆彌，念其行路思慕，故使工人裁箏、筑，爲馬上之樂。欲從方俗事，故名曰琵琶。」

〔三〕清：指月下花前的清麗美景。

又

子山牢落去江南〔一〕，賦主悲哀尚一堪〔二〕。只恐秋天聞亦苦，併催紅雨下霜巖〔三〕。庾信《哀江南賦》唯以悲哀爲主。

【注釋】

〔一〕「子山」句：庾信（五一三——五八一），字子山，祖籍南陽新野（今屬河南），南北朝文學家。仕北周官至驃騎大將軍，開府儀同三司，故人稱「庾開府」。庾信奉梁元帝命出使北朝被留，不得回歸，作《哀江南賦》。牢落：孤寂；無聊。

〔二〕「賦主」句：《哀江南賦》：「追爲此賦，聊以記言。不無危苦之辭，惟以悲哀爲主。」

〔三〕紅雨：喻落花。陳衍《金詩紀事》「王萬慶」條下引張本詩，云：「其餘語亦多淒絶。敏之本金之翰林學士，從曹王烏格出質，客居燕之長春宮，以黄冠終者，故其詞云爾。」由此可知，詩有身世之感，以庾信去故國自比，而其在北淪爲黄冠，比庾信更悲。

又①

病魂招得未渾全〔一〕，瞑倚秋屏豈是禪〔二〕。一夢忽成霜蝶去〔三〕，草深三逕若爲眠〔四〕。

【校】

①以下三首又見宋宋祁《景文集》卷二三，題爲《哀江南三首》。

【注】

〔一〕渾全：完整；完全。

〔二〕禪：參禪。

〔三〕「一夢」句：暗用《莊子·齊物論》：「昔者莊周夢爲蝴蝶，栩栩然蝴蝶也。自喻適志與！不知周也。」

〔四〕三逕：代歸隱者的家園。晉陶潛《歸去來辭》：「三徑就荒，松竹猶存。」若爲：如何，怎能。

又

鬼化斯文念賈生〔一〕，精神琱琢坐寒更〔二〕。一書草就渾衣卧，恨殺東方不肯明。

【注】

〔一〕鬼化：言精妙高超。斯文：特指文學。賈生：指賈誼，洛陽人，西漢初年著名的政治家、文學家。著有《過秦論》、《論積貯疏》、《陳政事疏》、《治安策》等。

〔二〕琱琢：指對文字的修飾。寒更：寒夜的更點，借指寒夜。

又

龍山戲馬賞秋光〔一〕，多少新詩入錦囊〔二〕。磨滅英雄豈勝數，千年依舊一花香。

【注】

〔一〕龍山：即龍山會。晉代征西大將軍桓温曾與幕僚賓客在重陽節登龍山，聚會飲樂，後人稱其爲「龍山會」。戲馬：即戲馬臺，在江蘇徐州市南。南朝宋武帝常在重陽節登臨此地。後每逢重陽節都有很多人登臨遊覽。

〔二〕新詩入錦囊：用李賀典故。用李賀錦囊藏詩典故。《新唐書·李賀傳》：「每旦日出，騎弱馬，從小奚奴，背古錦囊，遇所得，書投囊中。」

申編修萬全 二首

萬全字百勝，高平人〔一〕。兄無夷，字百福，崇慶二年進士。百勝少有聲太學中。貞祐二年乙科〔二〕，調福昌簿〔三〕，不赴。隱居盧氏山中〔四〕，以讀書爲業。作詩有靜功，然不多見也。正大中，召爲史館編修。從行省慶山南征道中有詩云〔五〕：「回首秋風謝敝廬，崎嶇又復逐戎車。人生行止元無定，一葦江湖縱所如。」不數日溺水死，人以爲讖云〔六〕。

【注】

〔一〕高平：金縣名，屬河東南路澤州，今山西省高平市。

〔二〕乙科：此指進士及第中的乙等。

〔三〕福昌：金縣名，屬河南府嵩州，今河南省宜陽縣西。

〔四〕盧氏：金縣名，屬京兆府路虢州，今河南省盧氏縣。盧氏山，在盧氏縣。

〔五〕慶山：完顏慶山奴，名承立，字獻甫，曾任徐州元帥，後爲元太宗追斬，以身殉國。《金史》卷一一六有傳。南征事見《金史·内族承立傳》：「正大四年，李全據楚州，詔以慶山奴爲元帥，同總帥完顏訛可將兵守盱眙，且令城守勿出城。已而，全軍盱眙界，二帥迎敵大敗，死者萬餘人。」

〔六〕讖：預言吉凶的字語。

病中遣懷〔一〕

浪走天涯歲月侵，病中猶作越人吟〔二〕。野麇本自便豐草〔三〕，倦鳥寧當忘故林。畫像功名元有命〔四〕，乞墦富貴果何心〔五〕。幾時真脱塵囂累〔六〕，巖穴尋居不厭深。

【注】

〔一〕遣懷：抒發情懷。

〔二〕越人吟：越吟。喻思鄉憶國之情。戰國時越人莊舄仕楚，爵至執珪，雖富貴，不忘故國，病中吟越歌以寄鄉思。事見《史記·張儀列傳》。

〔三〕便：適合，適宜。豐草：茂密的草。

〔四〕畫像功名：漢宣帝曾圖霍光等十一功臣像於麒麟閣上，漢明帝因追念前世功臣，圖畫鄧禹等二十八將於南宫雲臺，唐太宗亦將二十四功臣畫像於凌煙閣，以表揚其功績。後用「畫像」代表卓越功勳。

〔五〕「乞墦」句：《孟子·離婁下》：「（齊人）之東郭墦間，之祭者乞其餘。不足，又顧而之他，此其爲饜足之道也。」乞墦：謂向祭墓者乞求所餘酒肉，後代指乞求富貴者的施舍。

〔六〕塵囂：指人世間的紛擾、喧囂。

和陳舜俞詩〔一〕

鬧裏那容更刺頭〔二〕，石田茅屋唤歸休〔三〕。杜門便與詩書老〔四〕，過隙從教歲月流〔五〕。槃木見容良自媿〔六〕，錯刀相贈若爲酬〔七〕。酌君安得如川酒〔八〕，醉眼蚍蜉萬户侯〔九〕。

【注】

〔一〕陳舜俞：其人不詳。

〔二〕鬧裏：指官場喧鬧聲中。刺頭：喻正真敢言，鋒芒畢露。

〔三〕歸休：辭官退休；歸隱。

〔四〕杜門：閉門。

〔五〕過隙：喻時間短暫，光陰易逝。《莊子·知北遊》：「人生天地之間，若白駒之過隙，忽然而已。」

〔六〕盤木：謂枝幹盤曲的樹。喻劣材，自謙之辭。

〔七〕錯刀：金錯刀，鍍金的刀或刀形錢幣，泛指錢財。典出東漢張衡《四愁詩》：「美人贈我金錯刀，何以報之英瓊瑶。」若爲：怎能，如何。

〔八〕如川酒：如川之酒。狀酒之多。黄庭堅《和張沙河招飲》：「誰料丹徒布衣得，今朝忽有酒如川。」

〔九〕蚍蜉：大螞蟻。萬户侯：食邑萬户之侯，後泛指高爵顯位。

崔遵 三首

遵字懷祖，北燕人〔一〕。父建昌，字曼卿，大定二十五年進士，仕至同知武安軍節度使事〔二〕。懷祖事繼母孝，與人交有終始，遲重少語〔三〕，未嘗及人短長。少日在太學有賦聲〔四〕。南渡後，不就舉選，居嵩山二十年。課僮僕治生〔五〕，生理亦粗給。前輩如趙吏部子文、張左丞信甫、馮亳州叔獻〔六〕，或懷祖丈人行〔七〕，皆與之詩酒相往來。懷祖喜賓客，有醖藉，從容文雅，使人久與之處而不厭也。嘗有《宿少林》詩云：「青山已有十年舊，小雪又爲三日留。」其他往往稱是。

【注】

〔一〕北燕：指燕山府。劉祁《歸潛志》卷三：「崔遵懷祖，燕人。」今北京市。

〔二〕武安軍：當爲安武軍。金代屬河北東路冀州治，今河北省冀州市。

〔三〕遲重：謹慎穩重，不浮躁。

〔四〕賦聲：善於辭賦的名聲。金代科舉考試特重賦，往往以此定取黜。故士人習舉業多致力於此，謂之「時文」。有賦聲，即指在各級舉試中名聲較大。

〔五〕治生：經營家業，謀生計。

〔六〕趙吏部子文：趙伯成，字子文。宛平（今屬北京市）人。明昌五年，經義、詞賦兩科進士。累遷侍御史，拜中丞、陝西西路轉運使等。哀宗即位，召爲吏部尚書，故稱趙吏部。正大元年罷官後移居嵩山，與崔遵等人遊。《中州集》卷八有小傳。張左丞信甫：張行中，字信甫，莒州日照（今山東省日照市）人。大定二十八年進士，歷任監察御史、左諫議大夫、吏部尚書，尚書左丞等。後辭官家居。爲人純正真率，不事修飾，雖兩登相位，殆若無官。敢於直言進諫，遇事輒發，無所畏避。《金史》卷一〇七有傳，《中州集》卷九有小傳。張行中正大初致仕後不久，也移居嵩山，與崔遵等人遊。馮亳州叔獻：馮璧，字叔獻。真定人。承安二年經義進士。歷州縣，召入翰林。遷大理丞，屢鞫大獄。又劾宗室權貴奸贓之尤者十數。興定末，以同知集慶軍節度使致仕。居嵩山龍潭十餘年，諸生多從之遊；賦詩飲酒，放浪山水間，人以爲神仙。璧學長於春秋，詩筆清峻，字畫楚楚，似其爲人。《金史》一一〇有傳。《中州集》卷六有小傳。

〔七〕丈人行：猶言父輩，長輩。古人一般視比自己大二十歲者爲父輩。

送裕之官鄧下兼簡仲澤〔一〕

青燈別酒夜沉沉，力負相思自不任。閑裏更誰留我醉，興來無復伴君吟。一枝仙桂知難擬〔二〕，千頃黄陂未厭深〔三〕。爲向荆州王粲道〔四〕，安排佳境約相尋〔五〕。

【注】

〔一〕詩題：元好問正大四年任鄧州屬縣内鄉令，詩爲元氏自嵩山赴任時送別之作。王渥，字仲澤，時在鄧州武勝軍節度使移剌瑗幕府。

〔二〕仙桂：舊時稱舉進士爲折桂，因以「仙桂」借指科舉功名。唐杜荀鶴《經賈島墓》：「仙桂終無分，皇天似有私。」擬：比類，摹擬。

〔三〕黄陂：《禹貢錐指》卷八：「汝州，今屬河南。州西四十里廣成澤，一名黄陂，周百里，有灌溉之利。」按此，黄陂與嵩山比鄰。二句言自己不能像元氏那樣中舉爲官，赴任内鄉，而且嵩山附近黄陂等地景色美麗，喜歡不厭。

〔四〕荆州王粲：東漢末年，王粲因才高名重，被朝廷徵召。王粲以長安處亂爲由，不應召。爲避戰亂，前往荆州投奔劉表。此處代王渥。

〔五〕佳境：風景優美的地方。二句言讓元轉告，請王渥抽空到黄陂、嵩山遊玩。

和裕之 二首

行李西來便得君〔一〕，相從回首七經春〔二〕。君方備悉原思病〔三〕，我亦私憐仲父貧〔四〕。底事卻成今日別，枯腸難着此愁新。鳶肩火色真將驗〔五〕，馬虎何勞更問辛〔六〕。

【注】

〔一〕行李：行程、行蹤。句謂自己剛到嵩山就結識了元好問。可知崔、元二人遷居嵩山的時間較爲接近，元氏自三鄉移居嵩山在興定二年，參見狄寶心《元好問年譜新編》。

〔二〕相從：相識交往。七經春：據狄寶心《元好問詩編年校注》考證，元好問遷居嵩山是在興定二年春，七經春即正大元年。是年夏五月，元好問赴試博學鴻詞，考中後出任史館編修。此詩是元好問赴試出嵩山時崔遵的唱和之作。

〔三〕原思：即孔子弟子原憲，字子思，孔門七十二賢之一。原思病，即原憲病，又稱原憲貧。代指文士清貧。典出《莊子·讓王》：原憲居魯，茅屋瓦牖，粗茶淡飯，生活極爲清苦。子貢高車駟馬，拜訪原憲。原憲華冠縰履，杖藜而應門。子貢曰：「嘻！先生何病？」原憲應之曰：「憲聞之，無財謂之貧，學而不能行謂之病。今憲貧也，非病也。」子貢逡巡而有愧色。後用作安貧樂道的典故。

〔四〕仲父：即次父，齊桓公以管仲爲仲父。仲父貧：《史記·管晏列傳》載，管仲曰：「吾始困時，嘗與鮑叔賈，分財利，多自與，鮑叔不以我爲貪，知我貧也；吾嘗爲鮑叔謀事，而更窮困，鮑叔不以我爲愚，知時有利不利也。」句謂自己亦深知元氏爲貧而仕的苦心。

〔五〕鳶肩火色：謂兩肩上聳像鴟，面有紅光。舊時相術指飛黄騰達的徵兆。語見《新唐書·馬周傳》：「岑文本謂所親曰：『馬君論事，會文切理，無一言可損益，聽之纚纚，令人忘倦。蘇、張、終、賈正應此耳。然鳶肩火色，騰上必速，恐不能久。』俄遷治書侍御史兼知諫議大夫，檢校晉王府長史。」

〔六〕馬虎問辛：古人以六壬測貴人，所謂的貴人方中有「六辛逢馬虎」、「庚辛逢馬虎」之説。馬虎遇辛，謂得貴人幫忙，時來運轉。詩末二句謂元好問此番出嵩定會時來運轉，博得遠大前程。

又

不幸還能作幸民〔一〕，十年同醉潁川春〔二〕。酒船載我雖堪老〔三〕，仕路有時或爲貧〔四〕。少室山人三日惡〔五〕，夷門紙價一番新〔六〕。益知哀樂終年事〔七〕，末唱驪駒鼻已辛①〔八〕。

【校】

①驪駒：毛本作「驪歌」。

【注】

〔一〕幸民：謂僥幸於萬一之民。

〔二〕十年：從興定二年遷嵩下推，當爲正大四年。是年元好問出仕内鄉令，詩作於送别之時。潁川：潁水。嵩山是潁水之源，故用以代稱。春：酒。唐人呼酒爲春，後沿用之。

〔三〕「酒船」句：《晉書·畢卓傳》：「卓嘗謂人曰：『得酒滿數百斛船，四時甘味置兩頭，右手持酒杯，左手持蟹螯，拍浮酒船中，便足了一生矣。』」句暗用此典，表示縱情豪飲，放浪心懷。

〔四〕「仕路」句：晉陶潛《歸去來兮辭》序：「余家貧……生生所資，未見其術。親故多勸余爲長吏，脱然有懷，求之靡途。」句謂元好問之所以出嵩山乃爲貧而仕。

〔五〕少室山人：詩人自謂。三日惡：《世説新語·言語》：「謝太傅語王右軍曰：『中年傷於哀樂，與親友别，輒作數日惡。』」與朋友别輒作三日惡，表達不忍離别之情。

〔六〕「夷門」句：用「洛陽紙貴」典故。《晉書·左思傳》載，左思作《三都賦》，構思十年，賦成，不爲時人所重。及皇甫謐爲作序，張載、劉逵爲作注，張華見之，歎爲「班張之流也」，於是豪富之家爭相傳寫，洛陽紙價因之昂貴。後用以稱譽别人的著作受人歡迎，廣爲流傳。夷門：大梁（今河南省開封市）的别稱。句謂元好問出仕後其詩會在汴京再次引起轟動。

〔七〕哀樂：本上引謝安「中年傷於哀樂」，指感情脆弱。終年：全年；一年到頭。

〔八〕驪駒：離别之歌，古代客人告别時唱的詩篇。《漢書·王式傳》：「謂歌吹諸生曰：『歌《驪駒》。』」顔師古注：「服虔曰：『逸詩篇名也，見《大戴禮》，客欲去，歌之。』」

王主簿革 一首

革字德新，一名著，臨潢人〔一〕。以蔭補官〔二〕，碌碌筦庫餘三十年〔三〕。正大中，以六赴廷試賜出身〔四〕，調宜君簿〔五〕。爲人有醖藉，善談笑。密公與之唱酬〔六〕，相得甚歡。初在太原，作詩有「赤心遭白眼，笑面得嗔拳」之句，公甚愛之，有詩寄之云：「柳塘雲觀千鍾酒，笑面嗔拳五字詩。」盖志此也。及第後呈同年云：「孤身去國五千里，一第遲人四十年。」大爲閑閑所稱〔七〕。德新交游滿天下，獨許欽叔與予爲莫逆云〔八〕。年七十八，終於雲中〔九〕。

【注】

〔一〕臨潢：金府名，屬北京路，治今内蒙古巴林左旗東南波羅城，即遼之上京。劉祁《歸潛志》卷五作「王革字德新，弘州人」。

〔二〕蔭：庇蔭。封建時代子孫因先世有功勞而給予特定的優惠政策。

〔三〕碌碌：所事平凡，平庸無爲。筦庫：指保管倉庫的役吏。

〔四〕廷試：科舉制度會試中式後，由皇帝親自策問，在殿廷上舉行的考試。通常稱殿試。《宋史·選舉志一》：「凡廷試，帝親閱卷累日，宰相屢請宜歸有司，始詔歲命官知舉。」出身：金制舉進士，凡六赴廷試者，不管中式與否，皆賜第。《金史·選舉一》：「凡諸進士舉人由鄉至府，由府至省，及殿廷，凡四試皆中選則官之；至廷試，五被黜則賜之第。」

〔五〕宜君：金縣名，屬鄜延路坊州，今陝西省宜君縣。

〔六〕密公：完顔璹（一一七二——一二三二），本名壽孫，世宗賜今名，號樗軒居士，封密國公。資質簡重，博學有俊才，善真草書。畫墨竹自成規格。有《如菴小稿》。《金史》卷八五有傳，《中州集》卷五、《歸潛志》卷一有小傳。

〔七〕閑閑：趙秉文，號閑閑。

〔八〕欽叔：李獻能之字。予：元好問。莫逆：彼此志同道合，交誼深厚。語出《莊子·大宗師》：「四人相視而笑，莫逆於心，遂相與爲友。」

〔九〕雲中：金縣名，屬西京路大同府，今山西省大同市。

寄答劉京叔〔一〕

十年相望惜睽違〔二〕，驚見蘭章墮客扉〔三〕。鄭子已聞耕有谷〔四〕，榮公誰念老無衣〔五〕。水浮落日流無盡，山礙行雲斷不飛。千古神川亦吾土〔六〕，幾時同采北山薇〔七〕。

【注】

〔一〕劉京叔：劉祁，字京叔，號神川遯士。應州渾源（今山西省渾源縣）人。金末元初人，著有《歸潛志》。

〔二〕睽違：分隔，離別。唐李朝威《柳毅傳》：「洎錢塘季父論親不從，遂至睽違，天各一方，不能相問。」

〔三〕蘭章：對他人書信的美稱。二句謂與劉祁相望而不得相見業已十年，今日在雲中客居之所得到劉的書信，喜出望外。

〔四〕「鄭子」句：鄭子，漢人鄭樸。晉皇甫謐《高士傳》卷中：「鄭樸，字子真，谷口人也。修道靜默，世服其清高。成帝時，元舅大將軍王鳳以禮聘之，遂不屈。揚雄盛稱其德，曰：『谷口鄭子真，耕於巖石之下，名振京師。』」句言聽説劉祁已回歸故鄉隱居。

〔五〕「榮公」句：榮公，即榮啓期，春秋時隱士。《孔子家語·六本》：「孔子遊於泰山，見榮啓期行乎郕之野，鹿裘帶索，鼓琴而歌。」帶索：以繩索爲衣帶，形容貧寒清苦。晉陶潛《詠貧士七首》其七：「榮叟老帶索，欣然方彈琴。」句謂自己晚年生活貧困，無人解救。

〔六〕「千古」句：漢王粲客居荆州時作《登樓賦》，有「雖信美而非吾土兮，曾何足以少留」句。詩反用其意，言雲中自古屬華夏故土，可以視之爲故鄉之地。

〔七〕采薇：孤竹君二子伯夷、叔齊，「義不食周粟」，隱於首陽山，采薇蕨而食。」見《史記·伯夷列傳》。後以「采薇」指歸隱。句問友人何時才能到雲中，志同道合，一起守節隱居。

衛承慶 一首

承慶字昌叔，襄城人〔一〕。父文仲，承安中進士，以孝友淳直稱於鄉里。官至文登令〔二〕。年七十餘卒。臨終沐浴，易衣冠，與家人訣。怡然安坐，誦東坡赤壁樂府〔三〕，又歌「人生如夢」以下二句〔四〕，歌闋而逝。昌叔資冲澹，有父風。及識路宣叔、王逸賓、文伯起〔五〕，故其詩似之。

【注】

〔一〕襄城：金縣名，屬南京路許州，今河南省襄城縣。

〔二〕文登：金縣名，屬山東東路寧海州，今山東省文登市。

〔三〕東坡赤壁樂府：即蘇軾的《念奴嬌·赤壁懷古》詞。

〔四〕「人生如夢」以下二句：指蘇軾《念奴嬌·赤壁懷古》的末二句：「人生如夢，一樽還酹江月。」

〔五〕路宣叔：路鐸，字宣叔。冀州信度（今河北省冀州市）人。歷右拾遺、監察御史、翰林待制等職。貞祐二年，調孟州防禦使，城陷，投沁水死。爲人剛正，有直臣風。長於詩文，有《虛舟居士集》。

《金史》卷一〇〇有傳，《中州集》卷四有小傳。王逸賓：王磵字逸賓，博學能文，不就科舉。家貧，無甔石之儲，恬適自如。趙秉文集《明昌辭人雅製》收其詩。《中州集》卷四有小傳。文伯起：文商，字伯起。金中葉知名詩人，見《金史章宗二》。

感興

十日不出門，出門春已好。竝山花更多，十里紅未了。朝看花尚妍，暮看花又老。蔫紅墮危枝，餘香寄芳草。人生祇如此，百年疾過鳥。安得脱塵寰〔一〕，游戲萬物表〔二〕。

【注】

〔一〕塵寰：指人世間之俗事。

〔二〕萬物表：萬物之外。

劉昂霄 一十三首

昂霄字景玄，别字季房，陵川人〔一〕。父俞，字彬叔，明昌二年進士，仕爲承發司管勾。泰和中，予識景玄於太原〔二〕，人有言是家讀《廣記》半月能背誦者〔三〕，予未之許也。戲取市人日曆鱗雜米鹽者令讀之〔四〕，一過目無脱遺〔五〕。大率景玄之學，無所不闚，六經百氏外〔六〕，世譜官制與兵家所以成敗者爲最詳〔七〕。爲人細瘦，似不能勝衣。好横策危坐，掉頭吟諷，幅巾奮袖，談辭如雲，四座聳聽，噤不得語。故評者謂承平以來〔八〕，王湯臣論人物，李之純玄談號稱獨步〔九〕。景玄則兼衆人之所獨，愈叩而愈無窮，不知去古談士爲遠近，餘子不論也。嘗用門資叙〔一〇〕，調慶陽軍器庫使〔一一〕，不就。諸公方薦試宏辭〔一二〕，而景玄病不起矣。臨終，夢賦山泉云：「帶雲縈遠澗，和月到疏林。」又云：「萬里馮唐老〔一三〕，中年賈傅歸〔一四〕。」未幾下世，年三十七。

【注】

〔一〕陵川：金縣名，屬河東南路澤州，今山西省陵川縣。

〔二〕太原：府名，屬河東北路，治今山西省太原市。

〔三〕《廣記》：指《太平廣記》，五百卷，廣收宋以前小説，北宋太平興國年間李昉等編撰。

〔四〕日曆：猶日記，按日記載每天所爲之事。鱗雜米鹽：《史記·天官書》：「故其占驗凌雜米鹽。」張守節正義：「凌雜，交錯也。米鹽，細碎也。」《漢書·天文志》作「鱗雜米鹽」。

〔五〕脱遺：遺漏。

〔六〕六經：六部儒家經典。《漢書·武帝紀贊》：「孝武初立，卓然罷黜百家，表章六經。」顔師古注：

「六經，謂《易》、《詩》、《書》、《春秋》、《禮》、《樂》也。」百氏：猶言諸子百家。

〔七〕世譜：家世譜系。

〔八〕承平：治平相承，天下太平。

〔九〕王湯臣：王中立，字湯臣，晚年易名雲鶴，號擬栩，岢嵐（今山西省岢嵐縣）人。博學强記，學無不知。家豪於財，客日滿門，待之甚豐，而自奉甚簡。年四十喪妻，不更娶，亦不就選舉。齋居一室，枯淡如衲僧，如是三四年乃出，時人覺其談吐高闊，詩筆字畫皆超絶。好作大字，往往瞑目爲之，筆意縱放，勢若飛動。善論人物。《中州集》卷九有小傳。李之純：李純甫，字之純。玄談：指漢魏以來以老莊之道和《周易》爲依據而辨析名理的談論。李純甫善玄談，《中州集》小傳曰：「人有發其談端者，隨問隨答，初不置慮。漫者知所以統，窒者知所以通。傾河瀉江，無有窮竭。」劉祁《歸潛志》卷一：「每酒酣，歷歷論天下事，或談儒釋異同，雖環而攻之，莫能屈。」

〔一〇〕門資敘：以父兄的官職功績按規定的等級次第授予子弟官職。《續資治通鑑·元泰定帝泰定元年》：「宜追贈死者，優敘其子孫。」

〔一一〕慶陽：金府名，屬慶原路（舊作陝西西路），治今甘肅省慶陽市。

〔一二〕宏辭：制科名目之一，始於唐，宋、金等朝相沿。制科，科舉時代臨時設置的考試科目。《金史·選舉志一》：「宏辭科試詔、誥、章、表、露布、檄書，則皆四六；誡、諭、頌、箴、銘、序、記，則或依古今體，或參用四六。」

〔一三〕「萬里」句：用馮唐典故。漢朝馮唐飽讀詩書，身歷漢文帝、漢景帝和漢武帝三朝，未被重用。武帝時舉爲賢良，但年事已高不能爲官。事見《史記·馮唐列傳》。後常用「馮唐不遇」、「馮唐易老」等感慨生不逢時。唐王勃《滕王閣詩序》：「嗟乎，時運不齊，命途多舛。馮唐易老，李廣難封。」

〔一四〕「中年」句：用漢賈誼典故。賈誼曾官長沙王太傅，中年早逝。《史記·屈原賈生列傳》：「居數年，懷王騎墮馬而死，無後。賈生自傷爲傅無狀，哭泣歲餘亦死。賈生之死時，年三十三矣。」

中秋日同辛敬之、魏邦彦、馬伯善、麻信之、元裕之燕集三鄉光武廟。諸君有詩，昂霄亦繼作〔一〕

積甲原頭漢閟宫〔二〕，登臨還喜故人同。超超萬里乾坤眼，凜凜千年草木風〔三〕。今古消沉詩句裏，河山浮動酒杯中。極知勝日須轟醉〔四〕，更待銀盤上海東〔五〕。

【注】

〔一〕辛敬之：辛愿字敬之。魏邦彦：魏璠字邦彦。馬伯善：其人不詳。麻信之：麻革字信之。元裕之：元好問字裕之。以上衆人皆爲金代文士，昂霄好友。三鄉：鎮名，在今河南省宜陽縣西，金屬福昌縣。光武廟：在河南三鄉。《宜陽縣誌・光武廟記》：「宜陽縣治之西九十里，有鎮曰『三鄉』，唐屬福昌，即古宜陽也。治之西北，山高數仞，古柏蒼然，漢光武之廟在焉。建武三年，光武降赤眉於此。明帝即位，遂詔立廟。」貞祐南渡，劉昂霄居三鄉，與元好問、辛愿等人交遊唱和。元好問《遺山集》卷一〇有《秋日載酒光武廟》，與本詩用韻亦同，乃同時唱和之作。

〔二〕「積甲」二句：《後漢書・劉盆子傳》載，赤眉軍降，「積兵甲宜陽城西，與熊耳山齊」。句言光武廟在宜陽縣西的原頭山上。閟宮：神廟。《詩・魯頌・閟宮》：「閟宮有侐，實實枚枚。」鄭箋：「閟，神也。姜嫄神所依，故廟曰神宮。」

〔三〕凜凜：威嚴而使人敬畏的樣子。二句言光武中興，當年勝兵之餘威仍在。

〔四〕極知：深知。勝日：指親朋好友相聚或風光美好的日子。轟醉：謂狂飲而大醉。

〔五〕銀盤：比喻明月。宋陸游《十月十四夜月終夜如晝》：「月從海東來，徑尺熔銀盤。」

趙村晚望

放眼東原上，風煙接渺茫〔一〕。林疏出村落，野迥散牛羊〔二〕。天地浮元氣〔三〕，山河半夕陽。登高一長嘯，未覺阮生狂〔四〕。

【注】

〔一〕風煙：景象，風光。渺茫：遼闊無際迷濛不清貌。

〔二〕迴：遥遠。

〔三〕元氣：指原野上的氣霧。唐劉長卿《岳陽館中望洞庭湖》：「疊浪浮元氣，中流没太陽。」

〔四〕阮生：三國魏阮籍善嘯，性狂放。《晉書·阮籍傳》載：「嘗登廣武，觀楚漢戰處，歎曰：『時無英雄，使豎子成名！』」元好問《楚漢戰處》「成名豎子知誰謂，擬唤狂生與細論」，即就廣武興歎事而言。

送裕之往洛陽兼簡孫伯英〔一〕

洛水嵩山壽樂堂〔二〕，每從熱惱得清凉〔三〕。竹牀石枕應無恙，尚可分風供十方〔四〕。

【注】

〔一〕裕之：元好問之字。兼簡：以詩當信兼及他人。孫伯英：孫邦傑，字伯英，祖籍雄州容城（今河北省容城縣）人，居洛陽。少日住太學，有時名，所與游皆名士。興定初，知世將亂，棄家爲黄冠師。《中州集》卷九有小傳。

〔二〕壽樂堂：元好問《孫伯英墓誌銘》：「貞祐丙子，予自太原南渡。故人劉昂霄景玄愛伯英，介予與之交，因得過其家（洛陽），登壽樂堂飲酒賦詩，尊俎間談笑有味，使人久而不厭。」

〔三〕熱惱：佛教語，指焦灼苦惱。清凉：佛教語，指清靜無煩擾。元好問《孫伯英墓誌銘》：「伯英時年四十許，困名場已久，重爲世故之所摧折，稍取莊周、列禦寇之書讀之，視世味蓋漠然矣。」句謂自己每次至伯英家，都能從其淡泊世味中得益，使功名利禄之欲淡化。

〔四〕十方：佛教謂東南西北及四維上下。南朝陳徐陵《爲貞陽侯重與王太尉書》：「菩薩之化行於十方，仁壽之功霑於萬國。」二句言孫氏生活簡樸，心境平静，應該身體康健，希望他能將自己修身養性之道與衆人分享。

題裕之家山圖〔一〕

萬里神州劫火餘〔二〕，九原夷甫有餘辜〔三〕。作詩爲報元夫子〔四〕，莫倚家山在畫圖。

【注】

〔一〕裕之家山圖：金興定五年，李遹爲元好問作《繫舟山圖》。元好問賦《家山歸夢圖》三首，趙秉文、楊雲翼、趙元、劉昂霄等同題此畫。

〔二〕神州：指中原地區。劫火：本爲佛教語，謂壞劫之末所起的大火。借指兵火。

〔三〕九原：春秋時晉國卿大夫的墓地，後泛指墓地。夷甫：王衍（二五六——三一一），字夷甫，西晉名士。官至太尉。任人唯親，清談誤國，終落得國破身亡。詩首二句用桓温語。《世説新語·輕詆》載，東晉大將桓温眺望中原，慨然説，遂使神州陸沉，百年丘墟，王夷甫諸人難逃其責。餘辜：抵償不盡的罪愆。

〔四〕元夫子：指元好問。

同敬之、裕之游水谷，分韻賦詩，得荷風送香氣五字 各賦一首〔一〕

招提有勝踐〔二〕，日暮一經過。何物媚游人，微風動池荷。

【注】

〔一〕敬之：辛愿之字。裕之：元好問之字。分韻：數人相約賦詩，選擇若干字爲韻，各人分拈，依拈得之韻作詩，謂之分韻。

〔二〕招提：梵語。原義爲「四方」。北魏太武帝造伽藍，創招提之名，後遂爲寺院的别稱。勝踐：指可供快意遊玩的景物。

又

尋幽意自愜〔一〕，況與佳人同〔二〕。俗物不到眼〔三〕，談笑來天風〔四〕。

【注】

〔一〕尋幽：尋求幽勝。

〔二〕佳人：美好的人。指君子賢人。此處指同游的辛愿和元好問。

〔三〕俗物：鄙俗的人物。

〔四〕「談笑」句：形容談話時有説有笑，興致勃勃，如天風海雨。元辛文房《唐才子傳·薛濤》：「（濤）且機警閑捷，座間談笑風生。」

又

敲門看修竹〔一〕，重理舊年夢。上山復下山，清風管迎送。

【注】

〔一〕修竹：高高的竹子。

又

寒泉漱雲根〔一〕，湛然涵鏡光〔二〕。誰知一滴味，中有曹溪香〔三〕。

【注】

〔一〕雲根：山石。

〔二〕湛然：清澈貌。

〔三〕「誰知」二句：用六祖典。曹溪：溪水名。六祖慧能曾在曹溪寶林寺演法。《香乘》卷九「曹溪香」：「梁天監元年，有僧知藥泛舶至韶州曹溪水口，聞其香，嘗其味，曰：『此水上流有勝水。』開山立名寶林，乃云：『此去百七十年，當有無上法寶在此演法。』今六祖南華是也。」

又

迂辛與臞元〔一〕，得句猶有味。頽垣斂暝色〔二〕，深竹貯秋氣〔三〕。「暝色」，敬之句。「秋氣」，裕之句也。

【注】

〔一〕迂辛：唐代辛立度，性迂，時人以此稱之。此處戲稱辛愿。臞元：稱元好問，因體貌清瘦，故稱。好友趙元亦稱元好問爲「臞元」，如《寄裕之二首》：「閑陪老秀春行脚，悶欠臞元夜對牀。」《次韻裕之見寄二首》其二：「相從分我西山半，欲乞臞元伴老身。」

〔二〕暝色：辛愿所寫「暝色」詩句，《中州集》未收，已佚。

〔三〕深竹：茂密的竹林。秋氣：指秋日涼爽之氣。

寄申伯勝 三首〔一〕

直氣南山相與高〔二〕，爭教塵土涴青袍〔三〕。征科頗似曾料理〔四〕，差勝參軍作馬曹〔五〕。

【注】

〔一〕申伯勝：申萬全，字伯勝，高平人。貞祐二年進士，調福昌簿，不赴。隱居盧氏山中，以讀書爲業。《中州集》卷七、《歸潛志》卷五有小傳。

〔二〕「直氣」句：謂申伯勝清高之性可與漢初隱居於終南山的「四皓」比肩。

〔三〕爭教：怎教。張相《詩詞曲語辭彙釋》：「自來謂宋人用怎字，唐人只用爭字。」涴：汙，弄髒。青袍：青衿。古代學子所服。謂申伯勝由士而仕。

〔四〕征科：征收賦税。料理：處理，整治。句言申氏處理征科等官務輕車熟路，如同老手。

〔五〕「差勝」句：《晉書·王徽之傳》：「徽之字子猷。性卓犖不羈……爲車騎桓沖騎兵參軍，沖問：『卿署何曹？』對曰：『似是馬曹。』」馬曹：管馬的官署。多用以指閒散的官職或卑微的小官。差勝：稍勝。句言申氏官職雖低，但還有事可做，比王徽之閒散稍强一點。

又

執版那能拜下風〔一〕，世間禮數困英雄〔二〕。狂歌醉舞人誰識，憔悴通泉郭代公〔三〕。

【注】

〔一〕版：笏，手板。古代官吏上朝時所執的記事板。唐韋應物《發廣陵留上家兄兼寄上長沙》：「執板身有屬，淹時心恐惶。」拜下風：風向的下方，喻不如己者。《宋書·陶潛傳》：「郡遣督郵至縣，吏白應束帶見之。潛歎曰：『我不能爲五斗米折腰向鄉里小人。』」句暗用此典。

〔二〕禮數：古代按名位而分的禮儀等級制度，亦指官階品級。句指按上下級關係，向不如自己的上司參拜的禮數。

〔三〕「憔悴」句：用唐朝將領郭震事。郭震（六五六——七一三），字元振，魏州貴鄉（今河北省大名縣）人。十八歲舉進士，任通泉縣尉。因參與平息皇室内亂有功，封代國公，兼御史大夫。後因軍容不整而被治罪，免死流放新州，不久起用爲饒州司馬，病逝途中。新、舊唐書有傳。元振「任俠使氣，撥去小節」，被貶後「怏怏不得志」。二句謂申氏像郭震一樣，壯志難伸，鬱悒不歡。當他狂歌醉舞之時，又有誰能懂得他的心呢？

又

連昌能隔幾牛鳴〔一〕，不見令人鄙吝生〔二〕。乘興時思一相訪〔三〕，劇談豪飲見真情〔四〕。

【注】

〔一〕連昌：宫殿名。唐高宗顯慶三年所建，故址在今河南省宜陽縣。牛鳴：謂牛鳴聲可及之地。句言自己所在地永寧與申氏所居之地盧氏相距不遠。

〔二〕「不見」句：用漢黄憲典故。《後漢書·黄憲傳》：黄憲字叔度，汝南慎陽人。世人以顔回比之。「同郡陳蕃、周舉常相謂曰：『時月之間不見黄生，則鄙吝之萌復存乎心。』」鄙吝：指凡人的齷齪低俗的心理。

〔三〕「乘興」句，暗用王徽之訪戴典故。《晉書・王徽之傳》：「嘗居山陰，夜雪初霽，月色清朗，四望皓然，獨酌酒，詠左思《招隱詩》，忽憶戴逵。逵時在剡，便夜乘小船詣之。經宿方至，造門不前而反。人問其故，徽之曰：『本乘興而來，興盡而反，何必見安道邪。』」

〔四〕劇談：暢談。

游五渡谷〔一〕

南山如碧環〔二〕，缺處蒼崖開。當年造物手，辦此何神哉。睥睨倚天壁〔三〕，千古封莓苔。源源萬斛泉，飛出重山來。白龍三百丈〔四〕，行處鳴春雷。巨石若棟宇〔五〕，磊砢相推排〔六〕。跳波與濺沫，餘怒猶喧豗〔七〕。我來值杪秋〔八〕，萬壑風聲哀。黄花雜紅樹，錦繡紛巖隈〔九〕。奇勝夙所貪，欲去仍裴回。題詩還自笑，媿我非仙材。

【注】

〔一〕五渡谷：五渡水流經的山谷。《明一统志》卷二十九：「五渡水，在登封縣東南二十五里。源出嵩山東谷，自山頂下流，疏爲三十八浦，山下大潭中有立石，高廣平整，其水縈委泝者五涉，故名。東南流入潁水。」

〔二〕碧環：碧玉環。

〔三〕睥睨：高視貌。

〔四〕白龍：形容奔騰直瀉的溪流瀑布。

〔五〕棟宇：泛指房屋。

〔六〕磊砢：指衆多委積的石頭。推排：擁擠。

〔七〕喧豗：形容轟響聲。

〔八〕杪秋：晚秋。

〔九〕巖隈：山巖彎轉曲折處。

田紫芝　三首

紫芝字德秀，滄州人〔一〕。父齊，以廕爲部郎〔二〕。德秀少孤，養於外家定襄趙氏〔三〕，故多居於忻〔四〕。年十三，外祖廣寧治中命賦《麗華引》〔五〕，語意驚絶，人謂李長吉復生〔六〕。資性穎悟，一覽萬言。年二十，讀經傳子史幾徧。爲人疏俊〔七〕，而以藴藉見稱〔八〕，與同郡王元卿齊名〔九〕。貞祐初避兵臺山〔一〇〕，倉卒爲游騎所馳，遇害，時年二十三，士論惜之。

【注】

〔一〕滄州：金州名，屬河北東路，治今河北省滄州市。

〔二〕蔭：庇蔭。封建時代子孫因先世有功勞而獲得的入仕途徑的特殊優惠政策。

〔三〕外家：即舅家，指母親的娘家。定襄：金縣名，屬河東北路忻州，今山西省定襄縣。

〔四〕忻：忻州，金州名，屬河東北路，今山西省忻州市。

〔五〕廣寧：金府名，金太祖天輔七年升顯州爲廣寧府，屬北京路，府治在廣寧縣，今遼寧省北寧市。

〔六〕李長吉：李賀（七九〇——八一六），字長吉，福昌昌谷（今河南省宜陽縣）人。世稱鬼才、詩鬼等，與李白、李商隱三人並稱唐代「三李」。中唐浪漫主義詩人的代表。一生愁苦多病，卒時僅二十七歲。

〔七〕疏俊：放達超逸。

〔八〕蘊藉：寬厚而有涵養。

〔九〕王元卿：王萬鍾，字元卿。秀容（今山西省忻州市忻府區）人。少有逸才，性清峻。貞祐三年遭兵遇害。《中州集》卷七有小傳。

〔一〇〕臺山：五臺山。在山西省五臺縣。

夜雨寄元敏之昆弟 時年十六〔一〕

醉夢蕭森蝶翅輕〔二〕，一燈無語夢邊明。虚檐急雨三江浪，老木高風萬馬兵。枕簟先秋失殘暑〔三〕，湖山徹曉看新晴。對牀曾有詩來否〔四〕，爲問韋家好弟兄〔五〕。

【注】

〔一〕元敏之：元好古，字敏之，元好問之兄。性穎悟，博識强記，讀書無所不窺。與田紫芝、王萬鍾相善。貞祐二年死於忻州屠城之禍。昆弟：兄弟。元好問《續夷堅志》「田德秀夙悟」：「十六與余游從，曾大雨後有詩見示云：『醉夢蕭森蝶翅輕，一燈無語夢邊明。虚檐雨急三江浪，老木風高萬馬兵。枕簟先秋失殘暑，湖山徹曉看新晴。對牀曾有詩來否，爲問韋家好弟兄。』予兄敏之私謂予言：『詩首二句非鬼語乎？』吾謂其非壽者相也，果以弱冠下世云。」

〔二〕蕭森：此指夢魂與夜雨互動而形成的風嘯馬鳴的夢境。蝶翅：用莊周夢蝶典，形容迷離恍惚的夢境。

〔三〕「枕簟」句：謂頭枕竹製枕席，涼意使人感到秋季早來，暑熱全無。

〔四〕「對牀」句：唐白居易《雨中招張司業宿》：「能來同宿否，聽雨對牀眠。」後因以「對牀夜雨」或「對牀夜語」寫親友、兄弟聚首，傾心交談的欣慰之情。句言在此夜雨之際，元氏兄弟對牀而眠，傾心交談，是否曾爲此作詩。

〔五〕韋家好兄弟：漢韋賢少子玄成，讓爵辟兄，爲世所稱。見《漢書·韋玄成傳》。此指元好古、元好問兄弟。

亂後登凌雲臺〔一〕

愁思紛紛不易裁，凌雲臺上獨裴回〔二〕。亂鴉背着斜陽去，寒雁帶將秋色來。破屋無煙空碎瓦，新墳經雨已蒼苔。天翻地覆親曾見，信得昆明有劫灰〔三〕。

【注】

〔一〕凌雲臺：臺名。在洛陽西遊園，三國魏文帝所築。《三國志·魏志·文帝紀》：「（黄初二年）十二月，行東巡，是歲築凌雲臺。」北魏楊衒之《洛陽伽藍記·瑶光寺》：「千秋門内御道北有西遊園，園中有凌雲臺，即是魏文帝所築者。」

〔二〕裴回：徘徊。

〔三〕「昆明」句：昆明：指漢代昆明池。漢武帝所鑿，在長安西南郊，用以演習水戰。池周圍四十里，廣三百三十二頃。宋以後湮没。《漢書·武帝紀》：「（元狩三年春）發謫吏穿昆明池。」顔師古注引臣瓚曰：「《西南夷傳》有越嶲、昆明國，有滇池，方三百里。漢使求身毒國，而爲昆明所閉。今欲伐之，故作昆明池象之，以習水戰，在長安西南，周回四十里。」劫灰：本謂劫火的餘灰。南朝梁慧皎《高僧傳·譯經上·竺法蘭》：「昔漢武穿昆明池底，得黑灰，問東方朔。朔云：『不知，可問西域胡人。』後法蘭既至，衆人追以問之，蘭云：『世界終盡，劫火洞燒，此灰是也。』」

冥鴻亭下第後作〔一〕

眼底功名一物無，飛揚跋扈竟何如〔二〕。青雲歧路多辛苦〔三〕，賴得皇家結網疏〔四〕。

【注】

〔一〕下第：科舉考試不中者曰下第，又稱落第。

〔二〕飛揚跋扈：謂意氣舉動，越出常軌，不受約束。杜甫《贈李白》：「痛飲狂歌空度日，飛揚跋扈爲誰雄？」

〔三〕青雲：喻高官顯爵。《史記·范雎列傳》：「不意君能自致于青雲之上。」後以青雲直上喻仕途順暢。歧路：《淮南子·説林訓》：「楊子見歧路而哭之，爲其可以南，可以北。」後世以「歧路之悲」喻複雜多變、無所適從。

〔四〕賴得：幸虧，好在。唐元稹《人道短》：「若此撩亂事，豈非天道短，賴得人道長。」皇家結網疏：用唐陳陶《閒居雜興》句：「中原莫道無麟鳳，自是皇家結網疏。」

王萬鍾 三首

萬鍾字元卿，秀容人〔一〕。父甫，字用之，通經史，淳質有儒行〔二〕，亦以知醫見稱。兄萬石，字器玉，住太學，有賦聲。用之妻死不更娶，二子俱無家室，井臼之事率親爲之〔三〕。貧居陋巷中，破屋蕭然〔四〕，不蔽風雨，而絃誦之聲不絶也〔五〕。元卿少有逸才〔六〕，讀書有後先，不欲速成。詩文閑適，似其爲人。客至清談終日〔七〕，人不敢以俗事浼之〔八〕。與同郡田德秀齊名〔九〕，號「王田」。評者謂規制宏博〔一〇〕，王不及田；而瀟灑無塵土氣〔一一〕，田亦非王比也。元卿嘗有詩寄予，《關中》云：「千里吕安思叔夜〔一二〕，二年社燕伴秋鴻〔一三〕。」《賦梅花》云：「漢宫月下三千額〔一四〕，好在春風一抹痕。」哭吾兄敏之云〔一五〕：「蘭逕水流三月暮〔一六〕，桂林風落一枝春〔一七〕。」古詩尤蕭散〔一八〕，有自得之趣。兵火中皆亡失之矣。初，用之聞北兵入塞，即以吾州爲不可守〔一九〕，去之太原，五年不敢歸。貞祐二年，州破，死者十餘萬人，而用之亦以是日病歿於太原，較其時皆三月三日巳時也。人謂用之先見固可稱，然生死定數亦自不能免云〔二〇〕。元卿父歿之後，與其兄居于平晉之金城里〔二一〕。明年兵復至，兄被害，元卿欲收葬之。時游騎充斥，親舊勸勿往，元卿持不可。曰：「兄死不收，留此身欲何用耶！」流涕而去，尋亦被禍。時人甚哀惜之。元卿長予一月，死時年二十七矣。

【注】

〔一〕秀容：金縣名，屬河東北路忻州，今山西省忻州市忻府區。

〔二〕淳質：淳厚質樸。儒行：指合乎儒教的言行。

〔三〕井臼：汲水舂米，泛指操持家務。漢劉向《列女傳·周南之妻》：「親操井臼，不擇妻而娶。」

〔四〕蕭然：空寂；蕭條。晉陶潛《五柳先生傳》：「環堵蕭然，不蔽風日。」

〔五〕絃誦：泛指吟哦誦讀。

〔六〕逸才：指出衆的才能。

〔七〕清談：清雅的議論。

〔八〕浼：即「浼」，污染。

〔九〕田德秀：田紫芝，字德秀，滄州（河北省滄州市）人。少孤，養於外家定襄趙氏。資性穎悟，一覽萬言。年二十，讀經傳子史幾徧。爲人疏俊，而以藴藉見稱，與王萬鍾齊名。貞祐初死於兵亂，年二十三。

〔一〇〕規製宏博：指爲詩作文之體製宏偉，學養宏富。

〔一一〕無塵土氣：謂超凡脱俗。

〔一二〕「千里」句：《晉書·嵇康傳》：「東平吕安服（嵇）康高致，每一相思，輒千里命駕，康友而善之。」

〔一三〕「二年」句：本蘇軾《送陳睦知潭州》：「有如社燕與秋鴻，相逢未穩還相送。」社燕：燕子春社時來，秋社時去。故有「社燕」之稱。秋鴻：秋日的鴻雁。燕爲夏候鳥，鴻爲冬候鳥，在長江一帶，燕秋去春來，鴻秋來春去，因多以喻相距之遠，相見之難。

〔一四〕「漢宫」句：用「梅花妝」典。《太平御覽》卷九七〇引《宋書》：「武帝女壽陽公主，每日卧於含章簷下。梅花落公主額上，成五出之華，拂之不去，皇后留之。自後有梅花妝，後人多效之。」

〔一五〕敏之：元好古，字敏之，元好問兄，與土萬鍾友善。

〔一六〕「蘭逕」句：晉王羲之《蘭亭集序》：「永和九年，歲在癸丑，暮春之初，會於會稽山陰之蘭亭，修禊事也。羣賢畢至，少長咸集。此地有崇山峻嶺，茂林修竹，又有清流激湍映帶左右，引以爲流觴曲水，列坐其次。」句用此典，言其文人雅士之聚會吟詠。

〔一七〕「桂林」句：用「桂林一枝」典。《晉書・郤詵傳》：「（詵）累遷雍州刺史。武帝於東堂會送，問詵曰：『卿自以爲何如？』詵對曰：『臣舉賢良對策，爲天下第一，猶桂林之一枝，崑山之片玉。』」原爲自謙之詞，謂己只是群才之一。後用以喻出類拔萃之人。

〔一八〕蕭散：猶蕭灑散逸。形容舉止、神情、風格等自然，不拘束；閒散舒適。《西京雜記》卷二：「司馬相如爲《上林》、《子虛》賦，意思蕭散，不復與外事相關。」

〔一九〕吾州：即忻州。

〔二〇〕定數：氣數，命運。宿命論認爲國家的興亡、人世的禍福皆由天命或某種不可知的力量所決定，因稱爲「定數」。

〔二一〕平晉：宋金縣名，宋太平興國四年，於晉陽故城北築新城，置平晉縣，熙寧三年併入陽曲縣，政和中復置。金貞祐四年廢，興定初年復置，屬河東北路太原府。在今山西省太原市。

春宵〔一〕

風尖月細春猶淺〔二〕，酒冷燈昏夜向深。人在西軒愁不寐，十年間事總經心〔三〕。

【注】

〔一〕春宵：春夜。

〔二〕風尖：尖風。刺人的寒風。宋梅堯臣《次韻永叔新歲書事見寄》：「尖風細細欲穿簾，殘雪微銷凍結簷。」月細：細月，指絃月。春猶淺：指入春後不久。

〔三〕經心：縈心，煩心。

元氏桂軒爲敏之賦〔一〕

簾捲堂前桂子凉〔二〕，一軒燈火夜初長。月中春好元無價，天上風來别有香。棠棣一家同映秀〔三〕，詞林百世繼餘芳〔四〕。閑花野草空無數〔五〕，掩盡人間獨擅場〔六〕。

【注】

〔一〕桂軒：軒名，在元好問家鄉忻州韓岩老宅中。桂，寓才學出衆之意。《晉書·郤詵傳》：「武帝於東堂會送，問詵曰：『卿自以爲何如？』詵對曰：『臣舉賢良對策，爲天下第一，猶桂林之一枝，崑山之片玉。』」敏之：元好古，字敏之，元好問兄，與王萬鍾友善。

〔二〕桂子：月的代稱。傳説月中有桂樹，故稱。

〔三〕棠棣：代兄弟。《詩·小雅·棠棣》寫兄弟互相友愛，故後人常以其指稱兄弟。

〔四〕詞林：詞壇。

〔五〕閑花野草：野生的花草。代芸芸衆生、凡夫俗子。

〔六〕擅場：壓倒全場。指技藝高超出衆。

江村風雨圖

秋風槭槭濸林暉〔一〕，煙靄昏昏失翠微〔二〕。一段蓴鱸江上興，蓬窗岑寂夢魂飛〔三〕。

【注】

〔一〕槭槭：象聲詞。風吹葉動聲。濸林暉：指林上斜日光輝慘濸。

〔二〕昏昏：昏暗、陰暗貌。翠微：泛指青山。

〔三〕「一段」二句：言看到《江村風雨圖》想起了張翰居洛陽思念家鄉蓴羹鱸魚膾之事，遂引發了思鄉之情，以致夢中魂飛故鄉。蓴鱸：蓴羹鱸膾：意爲味道鮮美的蓴菜羹、鱸魚膾，比喻思鄉之情。用晉張翰典故。岑寂：寂寞，孤獨冷清。

雷琯

一十九首

琯字伯威，坊州人〔一〕。以薦書從事史館，調八作司使〔二〕。博學能文，時輩少有及者。并州人李汾與伯威同在史館〔三〕，以高蹇得罪〔四〕，伯威作詩送之，頗譏翰林諸人不能少忍，至與一書生相角逐，使之狼狽而去〔五〕，有「郎君未足留商隱〔六〕，官長從教罵廣文」之句〔七〕。又云：「明日春風一杯酒，與君同酹信陵墳〔八〕。」人甚稱之。

【注】

〔一〕坊州，金州名，屬鄜延路，治今陝西省黄陵縣。

〔二〕八作司使：八作司之長。宋有八作司，掌京都皇宫繕修等事。金有八作左右院，掌收軍需、軍器。見《金史·百官二》。

〔三〕李汾（一一九二——一二三二）：字長源，平晉（今山西省太原市）人，舉進士不第，入史院書寫，被逐。後爲武仙署掌書記，未幾，爲仙麾下所殺，一説絶食死。汾工詩，雄健有法。其樂府歌行，尤雄峭可喜。《金史》卷一二六有傳，《中州集》卷一〇、《歸潛志》卷二有小傳。

〔四〕高蹇：孤傲貌。李汾因紛爭被逐事，見《中州集》卷一〇李汾小傳。

〔五〕狼狽：喻艱難窘迫。

〔六〕郎君：漢制，二千石以上官員得任其子爲郎，後來門生故吏因稱長官或師門子弟爲郎君。此指令狐楚之子令狐綯。《新唐書·李商隱傳》載：「令狐楚帥河陽，奇其文，使與諸子遊。」「王茂元鎮河陽，愛其才，表掌書記，以子妻之，得侍御史。茂元善李德裕，而牛、李黨人蚩謫商隱，以爲詭薄無行，共排笮之。」「綯當國，商隱歸窮自解，綯憾不置。」

〔七〕從教：任憑，聽任。廣文：鄭虔（六八五——七六四），滎陽人，唐代著名詩人、書畫家。唐玄宗愛其才，置廣文館，以虔爲博士，時稱鄭廣文。後因受安禄山僞職，有司不辨其裝病及暗送情報之跡，貶逐。《新唐書》卷二〇二有傳。二句言雷、李諸人不能忍受李汾的高蹇，竟然把他逐出史院，而主持史院者也聽之任之，没有挽留住這一奇才。

〔八〕信陵：信陵君，戰國魏安釐王異母弟，名無忌，封信陵君。禮賢下士，有食客三千人。事見《史記·魏公子列傳》。

信陵館酒間 二首〔一〕

閑過信陵飲，有懷信陵君〔二〕。君去日已遠，誰憐抱關人〔三〕。徑攜一壺酒，往酹公子墳。

墳科久已平〔四〕，墓木幾爲薪。泉扉鎖長夜〔五〕，千載不復晨。昔與賢俊遊，今爲狐兔隣。豪貴竟安在，念之心紛紜〔六〕。有生會歸盡〔七〕，但恐後無聞。此意不可必，且醉梁園春〔八〕。

【注】

〔一〕信陵館：在汴京。《河南通志·古跡上·開封府》：「信陵館，在府城，信陵君延士處。」

〔二〕信陵君：魏無忌，封信陵君。戰國四公子之一，以禮賢下士著稱。

〔三〕抱關人：指侯嬴，大梁夷門監者，老而賢明，信陵君「從車騎，虛左，自迎」侯生至家，奉爲座上客。後秦圍邯鄲，趙求救於魏，信陵君用侯嬴計，救趙卻秦。事見《史記·魏公子列傳》。

〔四〕墳科：指墳墓。明徐㶿《徐氏筆精》卷五「長吉詩用事」：「李長吉詩本奇峭，而用字多替換字面……墓曰墳科，碑曰黑石。」

〔五〕泉扉：墓門。

〔六〕紛紜：雜亂貌。《楚辭·劉向·遠逝》：「腸紛紜以繚轉兮，涕漸漸其若屑。」王逸注：「紛紜，亂貌也。」

〔七〕歸盡：謂死。《文選·陶潛·歸去來辭》：「聊乘化以歸盡，樂夫天命復奚疑！」李善注：「《家語》：孔子曰：『化於陰陽，象形而發，謂之生；化窮數盡，謂之死。』」

〔八〕梁園：西漢梁孝王所建的東苑，故址在今河南省開封市東南。園林規模宏大，方圓三百餘里，宮室相連屬，供遊賞馳獵。春：酒。唐人呼酒爲春，後沿用之。

又

維昔有迂叟〔一〕，樹桐彼高岡。殷勤爲封植〔二〕，遂欲棲鳳皇〔三〕。桐生日已長，鳳來殊未央〔四〕。維鳳覽德輝，非時詎來翔〔五〕。枝幹枯以死，志願終莫償。憶在西周初，飛下岐之陽〔六〕。裴回不能去，和鳴聲鏘鏘〔七〕。文王既已没〔八〕，千載徽音亡〔九〕。咄爾叟何爲〔一〇〕，而欲發其光〔一一〕。空令枯株上，日晏啼鶖鶬〔一二〕。

【注】

〔一〕迂叟：迂闊的老人；遠離世事的老人。

〔二〕封植：亦作「封殖」，壅土培育。《左傳·昭公二年》「宿敢無封殖此樹」杜預注：「封，厚也；殖，長也。」

〔三〕「遂欲」句：《詩·大雅·卷阿》：「鳳凰鳴矣，于彼高岡。梧桐生矣，于彼朝陽。」鄭箋：「鳳凰之性，非梧桐不棲，非竹實不食。」

〔四〕殊：猶；尚。央：盡。句言鳳凰之來仍遥遥無期。

〔五〕「維鳳」句：《論語·子罕》：「子曰：『鳳鳥不至，河不出圖，吾已矣夫。』」何晏集解：「孔曰：聖人受命，則鳳鳥到，河出圖。今天無此瑞。」古人以麟鳳爲祥瑞之物，唯國家有聖明之君方至。《書·益稷》：「簫韶九成，鳳凰來儀。」二句謂鳳只有在君主聖明時才會來，而今時無明主，豈可來此飛舞。

〔六〕「憶在」二句：《竹書紀年》卷上：「殷文丁十二年（周文王元年），有鳳集於岐山。」《國語·周語上》：「周之興也，鸑鷟鳴於岐山。」韋昭注：「鸑鷟，鳳之别名也。」岐山，在今陝西省岐山縣。

〔七〕和鳴：互相應和而鳴。鏘鏘：象聲詞。形容金石撞擊發出的洪亮清越的聲音。《詩·大雅·烝民》：「四牡彭彭，八鸞鏘鏘。」鄭玄箋：「鏘鏘，鳴聲。」

〔八〕文王：周文王。

〔九〕徽音：嘉訊。此指鳳來之祥瑞。

〔一〇〕咄：歎詞，表示嗟歎。

〔一一〕發其光：指前四句所言樹梧高岡欲使丹鳳來棲事。

〔一二〕日晏：天色已晚。鷙鶬：鶬鷲。一種凶猛貪殘的猛禽。

客有自關輔來，言秦民之東徙者餘數十萬口，攜持負戴，絡繹山谷間，晝飡無糗糒，夕休無室廬，飢羸暴露，濱死無幾。間有爲秦聲寫去國之情者，其始則歷亮而宛轉，若有所訴焉。少則幽抑而悽厲，若訴而怒焉。及其放也，嗚嗚焉，愔愔焉，極其情之所之，又若弗能任焉者。噫！秦，予父母國也，而客言如是，聞之悲不可禁，乃爲作商歌十章，倚其聲以紓予懷，且俾後之歌者，知秦風之所自焉〔一〕。

扶桑西距若華東〔二〕，盡在天王職貢中〔三〕。一自秦原有烽火，年年選將戍河潼〔四〕。

【注】

〔一〕詩題：金正大八年（一二三一）四月，蒙古軍陷鳳翔府，金斂兵潼關，遷京兆居民於河南。見《金史·哀宗紀》。詩人聞遷徙之鄉民路途淒慘，遂感而賦此組詩。關輔：指關中及三輔地區。《文選·鮑照·升天行》：「家世宅關輔，勝帶宦王城。」李善注：「關，關中也。《漢書》曰：『右扶風、左馮翊、京兆尹，是爲三輔。』」轄境相當於今陝西中部地區。此指長安地區。糗糒：用穀物製成的乾糧。愔愔：悄寂貌。商歌：悲涼的歌。秦風：指陝西一帶的民歌。

〔二〕扶桑：神話傳説中樹名，爲日出之處。《淮南子·天文訓》：「日出於暘谷，浴於咸池，拂於扶桑，是謂晨明。」若華：若木之華。若木，神話中的樹名，爲日入之處。《山海經·大荒北經》：「大荒之中，有衡石山、九陰山、洞野之山。上有赤樹，青葉赤華，名曰若木。」李白《上雲樂》：「西海栽若木，東冥植扶桑。」

〔三〕天王：稱君王、帝王。職貢：稱藩屬給朝廷按時的貢納。

〔四〕河潼：黄河和潼關。

又

春明門前灞水濱〔一〕，年年此地送行頻〔二〕。今年送客不復返，卷土東來避戰塵。

【注】

〔一〕春明門：古長安城門名。唐代長安城東有三門，中門稱春明門。灞水：河名，渭河支流，在長安附近。

〔二〕「年年」句：《三輔黄圖》卷六：「霸橋在長安東，跨水作橋。漢人送客至此橋，折柳贈別。」

又

盡室東行且未歸〔一〕，臨行重自鎖門扉。爲語畫梁雙燕子，春來秋去傍誰飛。

【注】

〔一〕盡室：全家。《左傳·成公二年》：「共王即位，將爲陽橋之役，使屈巫聘于齊，且告師期，巫臣盡室以行。」杜預注：「室家盡去。」

又

灞水河邊楊柳春，柔條折盡爲行人。只愁落日悲笳裏〔一〕，吹斷東風不到秦〔二〕。

【注】

〔一〕笳：古管樂器，其音悲涼。

〔二〕「吹斷」句：謂不管東風怎樣吹，也無法將難民的歌聲送回家園。

又

累累老稚自相攜〔一〕，側耳西風聽馬嘶。百死纔能到關下〔二〕，仰看猶似上天梯〔三〕。

【注】

〔一〕累累：衆多貌。

〔二〕關：按下詩「商於」「商顔」諸語，應指陜西省藍田縣南之藍田關。

〔三〕天梯：比喻高險的山路。李白《蜀道難》：「地崩山摧壯士死，然後天梯石棧相鉤連。」

又

上得關來似得生，關頭行客唱歌行。虛巖遠壑互相應〔一〕，轉見離鄉去國情〔二〕。

【注】

〔一〕虛巖：高插青空的山峰。遠壑：深谷。句言難民的歌聲在山谷中回音相續，前呼後應，連綿不斷。

〔二〕轉：倍增。漢王充《論衡·謝短》：「夫周禮六曲，又六轉，六六三十六，三百六十，是以周官三百六十也。」

又

前歌未停後迭呼，歌詞激烈聲嗚嗚〔一〕。天下可能無健者，不挽天河洗八區〔二〕。

【注】

〔一〕「歌詞」句：秦李斯《諫逐客書》：「夫擊甕叩缻，彈箏搏髀，而歌呼嗚嗚快耳目者，真秦之聲也。」魏曹植《箜篌引》：「秦箏何慷慨，齊瑟和且柔。」

〔二〕八區：八方；天下。《漢書·揚雄傳下》：「天下之士，雷動雲合，魚鱗雜襲，咸營於八區。」顏師古注：「八區，八方也。」二句言天下無英雄豪傑來平息戰亂。

又

折來灞水橋邊柳，盡向商於道上栽〔一〕。明年三月花如雪，會有好風吹汝迴。

【注釋】

〔一〕商於：古代地名，「商」和「於」兩地合稱。轄區主要在今陝西省商洛市境内。

又

行人十步九盤桓〔一〕，巖壑縈迴行路難〔二〕。忽到商顏最高處〔三〕，一時揮淚望長安。

【注釋】

〔一〕「行人」句：言難民在十步九折的山路上前進。

〔二〕縈迴：迴旋環繞。

〔三〕商顏：商山的別稱，在今陝西省商州市境。蘇軾《書王定國所藏王晉卿畫著色山二首》：「白髮四老人，何曾在商顏。」次公注：「商山亦名商顏。」

又

西來遷客莫回首〔一〕，一望令人一斷魂。正使長安近於日〔二〕，煙塵滿目北風昏。

【注】

〔一〕遷客：也指避難遷徙之人。

〔二〕長安近於日：日近長安遠。《晉書·明帝紀》載，晉元帝嘗問其子劉紹：「汝謂日與長安孰遠？」對曰：「長安近。不聞人從日邊來，居然可知也。」元帝異之。明日宴群僚，又問之。對曰：「日近。」元帝失色，曰：「何乃異間者之言乎？」對曰：「舉目則見日，不見長安。」末二句言即使長安不很遥遠，但那裏蒙古鐵騎馳突，塵土彌漫，天昏地暗，也不能回去。

陽夏懷古〔一〕

短衣匹馬西北來〔二〕，十年去國隨風埃〔三〕。解鞍呼酒歌一曲，玉鞭倒捉敲金罍①〔四〕。君不見項王臺〔五〕，昔時崔嵬今已頽〔六〕，秋風蕭瑟吹草萊。又不見漢王城〔七〕，昔時岧嶤今已平〔八〕，寒煙寂寞啼鼯猩〔九〕。牧童抬頭學楚聲〔一〇〕，野老扶犁城上耕。耕勢不斷楚聲哀，行人欲去還裴回〔一一〕，劉項英雄安在哉〔一二〕。人間俯仰易陳跡〔一三〕，聞身健在須銜杯〔一四〕。

【校】

①捉：毛本作「促」。

【注】

〔一〕陽夏：即太康。夏王太康遷都於此，死後又葬於此。今河南省太康縣。

〔二〕短衣：短裝。古代爲平民、士兵所服。

〔三〕去國：離開故鄉。蘇軾《勝相院經藏記》：「有一居士，其先蜀人。……去國浪流，在江淮間。」二句言自己以平民身份從西北故鄉坊州來汴，十年間，飽受京城車馬揚塵的薰汙。

〔四〕金罍：泛指酒盞。

〔五〕項王臺：又稱戲馬臺、項羽戲馬臺。在江蘇省銅山縣南。

〔六〕崔嵬：高聳貌；高大貌。《楚辭·九章·涉江》：「帶長鋏之陸離兮，冠切雲之崔嵬。」王逸注：「崔嵬，高貌。」

〔七〕漢王城：遺址位於河南省西峽縣二郎坪鄉漢王城村。明嘉靖《南陽府志》云：「漢王城，在夏館保，世傳漢高祖伐秦道經其地，築城以駐兵。」

〔八〕岧嶢：高峻；高聳。

〔九〕鼯狌：鼯鼠和黄鼠狼。狌同鼪，亦作狌。

〔一〇〕楚聲：古代楚地的曲調。《漢書·禮樂志》：「高祖樂楚聲，故《房中樂》楚聲也。」

〔一一〕裴回：徘徊。

〔一二〕劉項：劉邦和項羽。

〔一三〕俯仰：低頭與抬頭之間，形容時間極短。陳跡：舊跡，遺跡。

〔一四〕聞：趁。金董解元《西廂記諸宮調》卷五：「（張生）東傾西側的做些醃軀老，聞生没死的陪笑。」凌景埏校注：「『聞』，猶如説『趁』，如趁早叫作『聞早』。『聞生没死』，意思説趁着還活着没有死。」

龍德宮〔一〕

紫簫吹斷綵雲歸〔二〕，十二樓空盡玉梯〔三〕。綵仗竟無金母降〔四〕，仙裾猶憶化人攜〔五〕。千年洛苑銅駝怨〔六〕，萬里坤維杜宇啼〔七〕。莫倚危闌供極目，斜陽更在露盤西〔八〕。

【注】

〔一〕龍德宮：宋徽宗潛邸，即位後擴之，易名龍德宮，與皇城夾城相連。徽宗退位，居於此，金末尚存。劉祁《歸潛志》卷七：「南京同樂園，故宋龍德宮，徽宗所修。其間樓閣花石甚盛。每春三月花發及五六月荷花開，官縱百姓觀，雖未嘗再增葺，然景物如舊。」

〔二〕綵雲歸：宋詞曲名。見《宋史·樂志》。又宋雜劇名，元陶宗儀《説郛》卷五三「雜劇段數」條下列

「青陽觀碑綵雲歸」、「巫山綵雲歸」。

〔三〕十二樓：神話傳説中的仙人之居。《漢書·郊祀志下》「五城十二樓」顏師古注引應劭曰：「昆侖玄圃五城十二樓，仙人之所常居。」此指高層樓閣。

〔四〕綵仗：綵飾儀仗。金母：古神話傳説中的女神，俗稱西王母。

〔五〕化人：仙人。《漢武帝内傳》載，武帝求仙，西王母於元封元年七月七日深夜降臨漢宫，食之以仙桃，授之以長生不老術。二句暗用此典。上四句暗用漢武帝迷信方士竭力求仙事，以影射宋徽宗自號道君皇帝，迷戀道教荒廢國政事。

〔六〕「千年」句：《晉書·索靖傳》載：索靖有遠見，知天下將亂，指洛陽宫門銅駝歎曰：「會見汝在荆棘中耳。」

〔七〕坤維：指西南方。因《易·坤》有「西南得朋」之語，故以坤指西南。劉祁《歸潛志》卷三「雷琯」條下引此詩，全句爲「萬里蜀天杜宇啼」，可作佐證。杜宇：鳥名。又名杜宇、子規。相傳爲古蜀王杜宇之魂所化。《文選·左思·蜀都賦》：「鳥生杜宇之魄。」劉淵林注引《蜀記》曰：「昔有人姓杜名宇，王蜀，號曰望帝。宇死，俗説云宇化爲子規。子規，鳥名也。蜀人聞子規鳴，皆曰望帝也。」句用此典，言徽宗釀禍，萬民皆悲。

〔八〕露盤：指漢武帝在長安建章宫前所建金銅仙人承露盤。

南國

南國春生江水肥，烏檣風扇錦帆歸〔一〕。吴兒日暮棹歌發〔二〕，驚起鴛鴦相背飛。

【注】

〔一〕烏檣：檣烏，船桅杆上的烏形風向標。

〔二〕吴兒：指江南的青年人。長江下游蘇州一帶，春秋時屬吴地，因以代稱。棹歌：行船時所唱之歌。

古意　四首〔一〕

美人傷獨宿，窈窕春閨深〔二〕。素手卷翠被〔三〕，當窗調玉琴〔四〕。危絃奏苦調〔五〕，清歌抗哀音〔六〕。絃絶歌復咽，起作薄命吟〔七〕。妾如朱槿花〔八〕，含英愁晏陰〔九〕。郎如青銅鏡，照面不照心。不怨不照心，但惜飛光沉〔一〇〕。且留連理枕〔一一〕，莫捲合歡衾〔一二〕。儻君回餘輝〔一三〕，歡盟尚可尋〔一四〕。

【注】

〔一〕古意：猶擬古、仿古。諷詠前代故事以寄意。

〔二〕窈窕：閑靜貌，美好貌。《詩·周南·關雎》：「窈窕淑女，君子好逑。」毛傳：「窈窕，幽閑也。」

〔三〕素手：潔白的手。多形容女子之手。《古詩十九首·青青河畔草》：「娥娥紅粉妝，纖纖出素手。」

〔四〕玉琴：玉飾的琴，也爲琴的美稱。

〔五〕危絃：急絃。《文選·張協·七命》：「撫促柱則酸鼻，揮危絃則涕流。」李善注：「鄭玄《論語》注曰：『危，高也。』侯瑾《箏賦》曰：『急絃促柱，變調改曲。』陸機《前緩歌行》曰：『大客揮高絃。』意與此同也。」苦調：憂傷悲涼的聲調。

〔六〕清歌：清亮的歌聲。抗：振，揚。

〔七〕薄命吟：感傷紅顔命薄的歌詩。古樂府詩有「妾薄命」之題。

〔八〕朱槿：明毛晉注《毛詩陸疏廣要》卷上之下「顔如舜華」謂舜一名木槿，其花紅者爲貴種，名朱槿或赤槿。「樊光云其花朝生暮落，與草同氣，故在其中，今人謂之『朝生暮落』。人多植庭院間。唐人詩云『世事方看木槿榮』，言可愛易凋也。」

〔九〕英：花。晏：晚。二句言自己容貌如花，雖美易凋，故悲愁時光流逝，紅顔不再。

〔一〇〕飛光：飛逝的光陰。

〔一一〕連理：異根草木，枝幹相連。喻結爲夫婦或男女歡愛。連理枕：雙人枕頭。

〔一二〕合歡衾：雙人被。

〔三〕餘輝：比喻殘剩的時光年華。此謂回心轉意。

〔四〕歡盟：言重歸於好。

又

對酒不能飲，拊劍自度曲〔一〕。一唱行路難〔二〕，歌與淚相續。朝爲楊朱泣〔三〕，暮作阮籍哭〔四〕。古道盡荊棘〔五〕，新蹊苦竇菉〔六〕。曲行違吾心〔七〕，直行傷我足。曲直無適從，昂頭羡鴻鵠〔八〕。

【注】

〔一〕自度曲：自己譜曲。

〔二〕行路難：樂府雜曲歌辭名。原爲民間歌謠，後經文人擬作，采入樂府。多寫世路艱難和離情別意。以南朝宋鮑照《擬行路難》十九首及李白《行路難》三首最爲著名。

〔三〕楊朱泣：典出《荀子·王霸》：「楊朱哭衢途，曰：『此夫過舉蹞步而覺跌千里者夫！』哀哭之。」謂在十字路口錯走半步，到覺悟後就已經差之千里了，爲此而哭泣。後常用來表達對世道崎嶇，擔心誤入歧途的感傷憂慮。

〔四〕阮籍哭：《晉書·阮籍傳》：「時率意獨駕，不由徑路，車跡所窮，輒痛哭而返。」本謂因車無路可行而悲傷，後亦謂身處困境所發的絶望哀傷。

〔五〕荆棘：泛指山野叢生多刺的灌木。

〔六〕蒼菉：雜草。

〔七〕曲行：繞行。寓指采取不正當手段的歪門邪道。

〔八〕鴻鵠：即天鵝。能高飛而避害。

又

綿綿兔絲草〔一〕，濯濯檉樹枝〔二〕。結根偶相值〔三〕，引蔓纏綿之〔四〕。春風一披拂〔五〕，柯葉含榮滋〔六〕。弱質附美蔭〔七〕，百齡誓不違〔八〕。清商忽用事〔九〕，霜飈颯已淒。豈意百尺條，同此寸草萎〔一〇〕。委蔓失所託，憔悴徒傷悲。知君無歲寒，何用相因依〔一一〕。

【注】

〔一〕綿綿：連續不斷貌。《詩・王風・葛藟》：「緜緜葛藟，在河之滸。」毛傳：「緜緜，長不絶之貌。」兔絲草：金絲草。一年生寄生蔓草。莖絲綫狀，橙黄色，無葉，常纏繞在别的植物上。古人常以之喻弱勢女子。如《古詩十九首・冉冉孤生竹》：「與君爲新婚，兔絲附女蘿。」

〔二〕濯濯：明淨清朗貌。唐喬知之《折楊柳》：「可憐濯濯春楊柳，攀折將來就纖手。」檉：檉柳。亦稱

「三春柳」、「紅柳」。落葉灌木，老枝紅色，葉像鱗片，花淡紅色。

〔三〕相值：相遇。

〔四〕纏綿：攀附縈繞。

〔五〕披拂：吹拂；飄動。

〔六〕榮滋：生長茂盛。

〔七〕弱質：衰弱的體質。此處指兔絲草。美蔭：檉柳的濃蔭。

〔八〕百齡：猶百年。指長久的歲月，亦指一生一世。

〔九〕清商：謂秋風。

〔一〇〕萎：植物枯槁，凋謝。《詩·小雅·谷風》：「無草不死，無木不萎。」

〔一一〕「知君」二句：言早知檉樹不能像松柏一樣四季常青，兔絲就不會選擇它作爲長久依託安身立命之所了。詩人於此寄寓所託非人之悲。

又

賢王悲墜屨〔一〕，賢婦念遺簪〔二〕。重在不忘故，微物何所欽。嗟我昔遊友，雲路揚徽音〔三〕。詎念宿昔好〔四〕，棄擲各飛沉〔五〕。昔如膠投漆〔六〕，今如辰與參〔七〕。桃李雖成蹊〔八〕，諒無松柏心〔九〕。

【注】

〔一〕「賢王」句：用楚昭王典故。出自漢賈誼《新書·諭誠》：「昔楚昭王與吴人戰，楚軍敗，昭王走，履决背而行失之，行三十步，復旋取履。及至於隋，左右問曰：『王何曾惜一踦履乎？』昭王曰：『楚國雖貧，豈愛一踦履哉！思與偕反（返）也。』自是之後，楚國之俗無相棄者。」後因以「墜履」爲不輕易遺棄舊物之典。

〔二〕「賢婦」句：孔子出遊，遇一婦人失落簪子而哀哭。孔子弟子勸慰她，婦人曰：「非傷亡簪也，吾所以悲者，蓋不忘故也。」事見《韓詩外傳》卷九。後以「遺簪」比喻舊物或故情。

〔三〕雲路：青雲之路。比喻仕途高位。徽音：佳音，嘉訊。

〔四〕詎：表示否定，猶「無」、「不」。宿昔：從前，往日。

〔五〕棄擲：拋棄。飛沉：飛升和沉落。劉祁《歸潛志》卷七：「南渡後，士風甚薄，一登仕籍，視布衣諸生遽爲兩途，至于徵逐游從，輒相分別。故布衣有事，或數謁見在位者，在位者相報復甚希，甚者高居臺閣，舊交不得見。故李長源憤其如此，嘗曰：『以區區一第傲天下士耶？』已第者聞之多怒，至逐長源出史院，又交訟於官。士風如此，可歎。」雷琯與李長源皆以布衣任史院從事，上四句可與此合觀，以知其憤世傷時之意。

〔六〕膠投漆：好像膠和漆那樣，粘住就分不開。形容感情深厚，親密得難舍難分。語自《古詩十九首·孟冬寒氣至》：「以膠投漆中，誰能别離此。」

〔七〕辰與參：辰星亦名商星，與參星此出則彼没，永不相見。用喻親友隔絶。典出《左傳·昭公元年》：「昔高辛氏有二子，伯曰閼伯，季曰實沉，居於曠林，不相能也。日尋干戈，以相征討。後帝不臧，遷閼伯于商丘，主辰，商人是因，故辰爲商星。遷實沉于大夏，主參，唐人是因。」二句意本《文選·蘇武詩》：「昔爲鴛與鴦，今爲參與辰。」

〔八〕「桃李」句：《史記·李將軍列傳》：「諺曰：『桃李不言，下自成蹊。』此言雖小，可以諭大也。」司馬貞索隱：「桃李本不能言，但以華實感物，故人不期而往，其下自成蹊徑也。」

〔九〕諒：料想。松柏心：喻始終不渝之氣節。二句意同元好問《别李周卿三首》：「古交松柏心，今交桃李顔。」謂那些趨炎附勢奔走權門的人，我料想不會永久如此。忠告那些身居要職的朋友，現在雖門庭若市，將來會門可羅雀，只有以友情爲基礎的君子之交才是經久不變的。

王亳州賓　三首

賓字德卿，亳社人〔一〕，貞祐二年進士。由虹縣令入爲尚書省令史〔二〕。壬辰京城受圍〔三〕，亳州爲單父軍楊春所據〔四〕。春以事出，德卿與故譙縣尉王進反正〔五〕，朝廷授進集慶軍節度使〔六〕，德卿同知使事。明年夏六月，車駕幸蔡〔七〕。道出于亳，德卿逆謁〔八〕，上與語慰勞者久之。詔行六部尚書事，仍賜世爵〔九〕。後數日，部曲崔七輩以軍食不給送款〔一〇〕，執德卿與副使吕鈞往市中，鈞且行且拜，泣涕不休，德卿毅然無所屈，大呼曰：「但殺！但殺！不能從汝也。」是日遇害。德卿學詩甚力，故所得亦多。如「風生傳令箭，星落受降城」，「煙外暮鐘催倦馬，林間殘照聚歸鴉」，「倉小軍爭米，郵荒虎食牛」。又《贈剛上人》云：「楞嚴讀罷爐煙冷，澹坐山堂閲世人。」《言懷》云：「功名不到書生手，坐撫吴鈎惜壯圖。」《題馬丘寺壁》云：「落葉擁窗僧入静，孤燈穿屋客吟秋。」人甚稱之。

【注】

〔一〕亳社：祭祀商人社稷之地。亳地有三，南亳在今河南省商丘市東南，西亳在今河南省偃師市，北亳在今河南省安陽市。按文意此指南亳，地近亳州，故有所言之事。《元史》卷二八《英宗二》及卷五〇《五行一》皆有「睢陽縣亳社屯大水」語。

〔二〕虹縣：金縣名，屬南京路泗州，今安徽省泗縣。

〔三〕壬辰：金哀宗天興元年（一二三二）歲次壬辰。

〔四〕亳州：金州名，屬南京路，治今安徽省亳州市。楊春：亳州節度使提控官。天興元年正月，蒙古遊騎至亳州，不攻而退。五月，節度使粘哥荆山由歸德得百餘甲騎守城池，楊春等一夜將百餘騎殺盡，粘哥荆山出奔。楊春等人以亳州降蒙古。

〔五〕譙縣：金縣名，屬南京路亳州，今安徽亳州市。反正：指已入敵方的軍隊反歸己方。

〔六〕集慶軍：金貞元三年，升亳州爲集慶軍，治譙縣。

〔七〕蔡：金州名，屬南京路。治今河南省汝南縣。《金史·哀宗下》：「（天興二年）三月乙丑，石盞女魯懽乞盡散衛兵出城就食。官奴私與國用安謀，邀上幸海州。不從。蔡帥烏古論鎬以糧四百餘斛至歸德，表請臨幸。上遣學士烏古論蒲鮮以幸蔡之意諭其州人。」

〔八〕逆謁：迎接拜謁。

〔九〕世爵：世襲的爵位。

〔一〇〕部曲：部屬，屬下。崔七：崔七斤，又名崔復哥。送款：投誠，歸降。

衛真道中〔一〕

毳袍落托又西征〔二〕，陌上東風小雪晴。草色喚回原燎黑〔三〕，冰澌消入水痕清〔四〕。年華荏苒心情減〔五〕，邊事倉皇夢寐驚〔六〕。早晚渦南傳吉語〔七〕，一犂煙雨趁春耕〔八〕。

【注】

〔一〕衛真，縣名，金代屬南京路亳州，今河南省鹿邑縣。

〔二〕毳袍：毛皮袍。落托：猶「落拓」。貧困失意，景况淒涼。西征：當指由亳州向衛真西行。

〔三〕原燎：原野上大火延燒。

〔四〕冰澌：解凍時流動的冰。

〔五〕荏苒：漸漸過去。常形容時光易逝。

〔六〕倉皇：匆忙急迫。

〔七〕早晚：何日，幾時。渦：渦河，金時稱渦水，淮河支流。發源於河南省尉氏縣，東南流經開封和安徽亳州、渦陽、蒙城後注入淮河。渦南：泛指渦河之南亳州、渦陽一帶。吉語：此處指前線打勝仗的好消息。

〔八〕一犂煙雨：蘇軾《次韻張昌言給事省宿》：「待向嵩陽求水竹，一犂煙雨伴公行。」趁：趕，搶。

舟中

河伯夸秋漲〔一〕，舟人健晚涼〔二〕。櫓聲搖落月，山氣鬱蒼蒼〔三〕。

【注】

〔一〕「河伯」句：《莊子·秋水》：「秋水時至，百川灌河，涇流之大，兩涘渚崖之間，不辨牛馬。於是焉河伯欣然自喜，以天下之美爲盡在己。」

〔二〕健：貪。《荀子·哀公》：「魯哀公問於孔子曰：『請問取人？』孔子對曰：『無取健……。』健，貪也。」

〔三〕鬱蒼蒼：草木蒼翠茂盛貌。

除夜〔一〕

落托功名挽不前〔二〕，圍爐兀坐夜蕭然〔三〕。臘殘畫角東風裹〔四〕，春到梅花小雪邊。守得歲來慵攬鏡〔五〕，送將窮去自裝船〔六〕。平明點檢人間事〔七〕，只有詩魔似去年〔八〕。

【注】

〔一〕除夜：即除夕。

〔二〕落托：落拓。貧困失意，景况淒涼。

〔三〕兀坐：獨自端坐。蕭然：空寂，蕭條。

〔四〕畫角：古管樂器。發聲哀厲高亢，古時軍中多用以警昏曉，振士氣，肅軍容。帝王出巡，亦用以報警戒嚴。

〔五〕守歲：宋孟元老《東京夢華録·除夕》：「是夜，禁中爆竹山呼，聲聞於外。士庶之家，圍爐團坐，達旦不寐，謂之守歲。」句用杜甫《江上》「勳業頻看鏡」及《懷舊》「老罷知明鏡」詩意，感歎功名未就而年已衰邁。

〔六〕「送將」句：舊時有驅送窮鬼的習俗，稱之送窮。唐韓愈《送窮文》李翹注：「予嘗見《文宗備問》

云：『顓項高辛時，宫中生一子，不着完衣，宫中號爲窮子。其後正月晦日死，宫中葬之，相謂曰：『今日送卻窮子。』自爾相承送之。」其時日多有不同。按詩意及胡相安《中華全國風俗志·河南·洛陽》所云「臘月三十送窮鬼，與南方送更飯相同」，此指除夕日。自裝船：韓愈《送窮文》云：「元和六年正月乙丑晦，主人使奴星結柳作車，縛草爲船，載糗輿粻，牛繫軛下，引帆上檣，三揖窮鬼而告之曰：『聞子行有日矣。』」韓愈有奴僕名星者，可使之縛草爲船，王賓無奴可使，故自己將剪紙爲人形的窮鬼裝入自製之船中投水使之遠離。

〔七〕點檢：考核，查察。

〔八〕詩魔：猶如入魔一般的强烈的詩興。

李夷 三首

夷字子遷，後改名侙，宛丘人〔一〕。苦於作詩，《賦古鏡》云：「盤盤古皇州，夢斷繁華歇。一鞭春事忙，耕出隴頭月。土蝕背花昏，蹄涔駭龍蹲。須髯怒欲張，縮手不敢捫。」又云：「壽光閱人多，曾有此客否。」欽叔諸人甚愛之〔二〕。

【注】

〔一〕宛丘：金縣名，屬南京路陳州，今河南省淮陽縣。

〔二〕欽叔：李獻能，字欽叔。河中（今山西省永濟市）人。貞祐三年省試第一，在翰林院十年。《金史》卷一二六有傳，《中州集》卷六、《歸潛志》卷二有小傳。

贈國醫張子和〔一〕

禁籞喧喧以字行〔二〕，粗工往往笑狂生〔三〕。天將借手開金匱〔四〕，雲本無心到玉京〔五〕。歌嘯動成千日醉，留連翻厭五侯鯖〔六〕。祝君莫觸曹瞞怒〔七〕，世上青黏要指名〔八〕。

【注】

〔一〕國醫：指御醫。宋趙昇《朝野類要·醫卜》：「國醫，此名醫中選差，充診御脈，内宿祗應，此是翰林金紫醫官。」張子和：張從正，字子和，號戴人，睢州考城（今河南省蘭考縣）人。金元四大醫家之一。世業醫，學宗劉完素，精醫術。曾被召入太醫院任太醫，旋即歸隱。强調病因多爲外邪傷正，將疾病分風、寒、暑、濕、燥、火六門。主張祛邪以扶正，治病善用汗、吐、下三法，後世稱「攻下派」。麻知幾等輯其草稿，編成《儒門事親》十五卷。另著有《三復指迷》、《張氏經驗方》等。爲人放誕，無威儀，頗讀書作詩。《金史》卷一三〇有傳，《歸潛志》卷六有小傳。

〔二〕禁籞：指宫廷。字：人的表字。在本名外所取的與本名意義相關的另一名字。北齊顔之推《顔氏家訓·風操》：「古者名以正體，字以表德。」張子和，名從正，但以字名於世。以字行：古人稱呼他人，用字用號，以視尊重。

〔三〕粗工：醫道粗疏的醫生。狂生：狂放的人。指張子和。

〔四〕金匱：本指銅製之櫃，古以金匱石室貯藏重要文獻。漢末張仲景著《金匱要略》，後世奉爲醫學經典，其中「傷寒論」最爲後代重視。句言上天讓張子和的病理學繼承了張仲景的衣鉢。

〔五〕玉京：指帝都。句言張子和生性狂放不羈，無心到皇宮當太醫。

〔六〕留連：滯留拖延；挽留。五侯鯖：指漢代婁護合王氏五侯家珍膳而烹飪的雜燴。漢成帝母舅王譚、王根、王立、王商、王逢時同日封侯，號五侯。鯖：肉和魚的雜燴。《西京雜記》卷二：「五侯不相能，賓客不得來往。婁護、豐辯，傳食五侯間，各得其歡心，競致奇膳，護乃合以爲鯖，世稱五侯鯖，以爲奇味焉。」後用以指佳餚。

〔七〕曹瞞：曹操，小字阿瞞。觸曹瞞怒：指華佗事。佗，漢末沛國譙（今安徽省亳州市）人。精醫學，尤擅外科。行醫各地，聲名卓著。後因不從曹操徵召，被殺。事見《後漢書·華佗傳》。

〔八〕青黏：指華佗所造的「漆葉青黏散」。取漆葉粉末一升，青黏粉末十四兩。長期服用，可除寄生蟲，使身體輕便，頭髮不會變白，長壽。樊阿漆葉到處都有，青黏據説生長在豐、沛、彭城和朝歌一帶。二句謂張子和以當世華佗而名聞於世，故引起皇帝的注意，切不可拂逆其意，像華佗一樣招來殺身之禍。

古劍

古柵崖摧老雨天〔一〕，忽驚神物茁蒲然〔二〕。蛇呑元氣蟄千載〔三〕，龍逐奔霆脱九泉〔四〕。逆首未歸豪馘裹〔五〕，鋏歌聊發慨彈邊〔六〕。物猶屢出爲時用，撫匣潸然惜壯年〔七〕。

【注】

〔一〕古柵：按《元史・成宗三》「大德三年」下云，成宗二月幸上都，「九月癸未，聖延節，駐蹕古柵。」「己亥，車駕還大都」，其地在元上都至大都間，恐非是，姑志於此。

〔二〕神物：神靈、怪異之物。茁蒲然：謂古劍像蒲草初生出地。《詩・召南・騶虞》「彼茁者葭」毛傳：「茁，出也。葭，蘆也。」

〔三〕蟄：動物冬眠，潛伏起來不食不動。

〔四〕「龍逐」句：謂龍從深淵中飛出。寓劍之名「龍泉」。九泉：指深淵。二句暗用「豐城劍氣」典，謂古劍埋在地下已有千年，最終脱穎而出。見《晉書・張華傳》。

〔五〕逆首：即首逆，指爲首造反作亂者。馘：古代戰爭中割取敵人的左耳以計數獻功。亦指俘虜。豪馘：强横不法的俘虜。句言强横作亂尚未平息。

〔六〕「鋏歌」句：《戰國策・齊策四》載，齊人馮諼貧乏不能自存，寄食孟嘗君門下。左右食以草具，倚柱彈其劍，歌曰：「長鋏歸來乎，食無魚。」句歎古劍無用武之地。

〔七〕潸然：流淚。末句以古劍自比，感慨自己年華虚度，而無用武之地。

書淵明傳後〔一〕

南渡龍孫角禿顛〔二〕，不甘横斃寄奴絃〔三〕。一襟義氣麾周粟〔四〕，滿簡清風削宋年〔五〕。雪徑低迴松落落〔六〕，霜籬健羡菊鮮鮮〔七〕。時屯謚輩輕頹節，顔厚吾家草木賢〔八〕。

【注】

〔一〕淵明：晉陶潛，字淵明。

〔二〕龍孫：帝王的後裔。指東晉皇族司馬氏。角禿顛：顛，指頭頂。元好問《過晉陽故城書事》「君不見繫舟山頭龍角禿」郝樹侯注：「繫舟山，在太原市北一百餘里。北宋統治者以晉陽爲『龍城』，繫舟山高崎其北，正是『龍頭』。所以毁晉陽後，又把繫舟山的山頂鏟平，拔掉『龍角』。」按此，句指南渡後的東晉皇室没有王氣。

〔三〕寄奴：南朝宋高祖劉裕的乳名。《宋書·武帝紀》：「高祖武皇帝諱裕，字德輿，小字寄奴，彭城縣綏里人，漢高帝弟楚元王交之後也。」二句謂東晉貴族雖然失去往日氣勢，但也不願横死在劉裕的箭下。

〔四〕義氣：節烈、正義的氣概。麾：謂揮手使去。周粟：周代的禄食。《史記·伯夷列傳》：「天下宗周，而伯夷、叔齊恥之，義不食周粟，隱於首陽山，采薇而食之。」後多指有氣節者所不能接受的新朝俸禄。句謂陶淵明像伯夷、叔齊那樣抗節不仕新朝。

〔五〕「滿簡」句：指陶淵明入宋後所著詩文皆只書甲子，而不書劉宋紀年，藉以否認劉宋政權存在的合法性。《宋書·陶潛傳》：「所著文章，皆題其年月，義熙以前，則書晉氏年號；自永初以來，唯云甲子而已。」

〔六〕落落：喻松孤高傲雪貌。

〔七〕健：貪。《荀子·哀公》：「魯哀公問於孔子曰：『請問取人？』孔子對曰：『無取健……。』健，貪也。」鮮鮮：色彩鮮豔貌。二句謂陶淵明在「松菊猶存」（《歸去來兮辭》）的故居中以不畏嚴寒、傲骨凌霜之氣節寄意於松菊。

〔八〕「時屯」二句：謂西晉賈謐對魏晉之鼎革淡然處之，其厚顔無恥，難與賈充妻李氏的賢德相比並。《晉書·賈充傳》載，賈充前妻李氏淑美有才行，作《女訓》行於世。賈謐本賈充外孫，爲充嗣。其掌修國史時，朝臣有謂宜以魏正始起年，有謂自魏嘉平以下盡入晉史，謐等上議請從泰始爲斷，事遂施行。時屯：時世艱難。《易·屯》：「彖曰：『屯，剛柔始交而難生。』」此當指《晉書·賈充傳》所云：「泰始中，人爲充等謡曰：『賈裴王，亂紀綱。王裴賈，濟天下。』言亡魏而成晉也」之事。草木：喻卑賤身分。李氏曾因其父被誅而流徙。

郭邦彦 六首

邦彦字平叔，本鄠縣人〔一〕，僑寓陽翟①〔二〕，遂占籍焉〔三〕。興定五年進士，調永城簿〔四〕，以退讓見稱〔五〕。生世不幸，處於頑、嚚、傲三者之間，鬱鬱不自聊〔六〕，年未四十而死。寄庵先生愛其詩〔七〕，甚嗟惜之。

【校】

① 寓：毛本作「居」。

【注】

〔一〕鄠縣：金縣名，屬京兆路京兆府，今陝西省户縣。

〔二〕陽翟：金縣名，屬南京路鈞州，今河南省禹州市。

〔三〕占籍：上報户口，入籍定居。

〔四〕永城：金縣名，屬南京路亳州，興定五年升爲永州，今河南省永城市。

〔五〕退讓：謙遜，禮讓。《禮記·曲禮上》：「是以君子恭敬撙節，退讓以明禮。」孔穎達疏：「應進而遷曰退，應受而推曰讓。」

〔六〕鬱鬱：憂傷、沉悶貌。《楚辭·九章·哀郢》：「慘鬱鬱而不通兮，蹇侘傺而含感。」王逸注：「中心憂滿慮閉塞也。」三句用舜典故，見《史記·五帝本紀》。

〔七〕寄庵先生：李遹，字平甫，自號寄庵先生，欒城（今河北省欒城縣）人。李治父。高才博學，工畫山水龍虎，爲人滑稽多智。明昌二年進士。泰和中，爲大興幕官，以忤上官，幾罹不測，因是仕官不進。南渡後，授東平府治中。尋致仕，閑居陽翟十餘年。平生所作詩文甚多，李純甫等多與唱和。

秋夜聞彈箜篌〔一〕

露重花香飄不遠，風微梧葉落無聲。倡樓何處教新曲〔二〕，夜靜月高絃索鳴〔三〕。

【注】

〔一〕箜篌：古代撥絃樂器名。有豎式和卧式兩種。

〔二〕倡樓：倡女所居處，妓院。

〔三〕絃索：絃樂器上的絃。唐元稹《連昌宫詞》：「夜半月高絃索鳴，賀老琵琶定場屋。」

村行三首

棗花初落路塵香〔一〕，燕掠麻池乍頡頏〔二〕。一片雲陰遮十頃〔三〕，賣瓜棚下午風凉。

【注】

〔一〕棗花：棗樹花。唐李頎《送陳章甫》：「四月南風大麥黄，棗花未落桐陰長。」

〔二〕麻池：漚麻的水池。麻稈需經過長期浸漚，纖維才能剥離。頡頏：鳥飛上下貌。語本《詩・邶風・燕燕》：「燕燕于飛，頡之頏之。」

〔三〕頃：土地面積單位之一。一説百畝爲頃。《漢書・楊惲傳》：「田彼南山，蕪穢不治，種一頃豆，落而爲萁。」顔師古注引張晏曰：「一頃百畝，以喻百官。」一説十二畝半爲頃。《公羊傳・宣公十五年》「什一者，天下之中正也」漢何休注：「凡爲田，一頃十二畝半，八家而九頃，共爲一井，故曰井田。」

又

芹葉蘆花岸兩邊〔一〕，釣溪石畔落孤鳶〔二〕。小畦引入平流水，麻稈森森已拍肩〔三〕。

【注】

〔一〕芹：蔬菜名。即水芹。《詩・小雅・采菽》：「觱沸檻泉，言采其芹。」朱熹集傳：「芹，水草，可食。」蘆花：蘆絮。蘆葦花軸上密生的白毛。

〔二〕鳶：俗稱鷂鷹，老鷹。

〔三〕麻稈：麻之莖。森森：茂密貌。拍肩：輕拍人的肩膀。形容植物長得與人肩齊高。

又

豆葉芃芃麻葉光〔一〕，植禾得雨又催黄。田家樂事誰真得，牧子行歌醉叟狂〔二〕。

【注】

〔一〕芃芃：茂盛貌。《詩·鄘風·載馳》：「我行其野，芃芃其麥。」毛傳：「麥芃芃然方盛長。」

〔二〕牧子：放牧之人，牧童。

酒醒

少年驕氣總消磨〔一〕，萬事紛紜夢裹過〔二〕。三載自持葷食戒，一心還被性宗魔〔三〕。凌煙閣上榮名好〔四〕，聚窟洲邊樂事多〔五〕。今日酒酣都忘卻，亂吟俳語作狂歌〔六〕。

【注】

〔一〕驕氣：健壯昂揚的氣概。消磨：謂消耗與磨滅。

〔二〕紛紜：雜亂貌。《楚辭·劉向·遠逝》：「腸紛紜以繚轉兮，涕漸漸其若屑。」王逸注：「紛紜，亂貌也。」句言平生所經見之事紛繁，反思過往如夢幻破滅。

〔三〕性宗：佛教語。法性宗的簡稱，與法相宗同爲大乘的兩大宗派，以破相顯性爲宗旨。此借指佛法。

〔四〕凌煙閣：唐代閣名。唐太宗將二十四功臣畫像於凌煙閣，以表揚其功績。後用繪像凌煙閣代表卓越功勳和無上榮耀。榮名：令名，美名。

〔五〕聚窟洲：仙境名，在西海中。漢東方朔《十洲記》：聚窟洲在西海中申未地，地方三千里，北接昆侖二十六里，上多真仙靈官，宮第比門，不可勝數。

〔六〕俳語：戲笑嘲謔的言辭。狂歌：縱情歌詠。漢徐幹《中論·夭壽》：「或披髮而狂歌，或三黜而不去。」

讀毛詩〔一〕

含氣有喜怒〔二〕，觸物無不鳴〔三〕。天機泄鳥跡，文字從此生〔四〕。誰言土葦器〔五〕，聲合天地清。樸壞犧氏瑟〔六〕，巧露媧皇笙〔七〕。末流不可障〔八〕，聲律隨合併〔九〕。偏讀蕭氏選〔一〇〕，不見真性情〔一一〕。怨刺雜譏罵〔一二〕，名曰離騷經〔一三〕。頌美獻諂諛〔一四〕，是謂之罘銘〔一五〕。詩道初不然，自是時代更〔一六〕。秦火燒不死〔一七〕，此物如有靈。至今三百篇〔一八〕，殷殷金石聲〔一九〕。漢儒各名家〔二〇〕，辯口劇分爭〔二一〕。康成獨麾戈〔二二〕，諸儒約連衡〔二三〕。祭酒最後出〔二四〕，千古老成精。我欲讀爾雅〔二五〕，不辨螯蟹名〔二六〕。尚憐沈謝輩〔二七〕，滿篋月露形〔二八〕。孔徒凡幾人〔二九〕，入室無長卿〔三〇〕。三子論性命〔三一〕，舉世爲譏評。白首草太玄〔三二〕，才得覆醬瓿〔三三〕。不如匡鼎説，愈笑人愈聽〔三四〕。

【注】

〔一〕毛詩：即今本《詩經》。相傳爲漢初學者毛亨和毛萇所傳。據稱其學出於孔子弟子子夏。《漢書·藝文志》著録有《毛詩》二十九卷、《毛詩故訓傳》三十卷。《毛詩》在西漢未立學官，屬古文經學。東漢時著名學者鄭衆、賈逵、馬融、鄭玄等皆治《毛詩》。鄭玄作《毛詩傳箋》。魏晉以後，今文齊、魯、韓三家《詩》漸散亡或無傳者，唯《毛詩》獨盛。至唐孔穎達定《五經正義》，於《詩》取毛傳與鄭箋，爲後世所宗。

〔二〕含氣：含有氣息。形容有生命者，特指人。

〔三〕觸物：接觸景物、事物。鳴：指發表（意見）；抒發（感情）。

〔四〕「天機」二句：言詩人心物交感，即興而發，率而成詩。《詩》多饑者歌其食，勞者食其事。上四句亦《毛詩序》所言「詩者，志之所之也」，「情動於中而形於言」之意。鳥跡：即「鳥跡書」，一種象形文字。相傳爲黄帝時期倉頡仰觀天象，俯察萬物，首創了「鳥跡書」。

〔五〕土葦器：用陶和蘆葦等所製的吹奏樂器。

〔六〕犧氏瑟：琴瑟的代稱。晉皇甫謐《帝王世紀》：「燧人氏没，庖犧氏代之……是稱太昊，都陳，作瑟三十六絃，長八尺一寸。」

〔七〕媧皇笙：笙的代稱。相傳女媧造人之後，又製作了笙等樂器，爲人類帶來音樂。上四句言後世詩樂漸趨奇巧，上古質樸之風不再。

〔八〕末流：本指水流的下游。比喻事物後來的發展態勢。

〔九〕聲律：五聲六律。指音樂。此處偏指齊梁間講究平仄等語言形式的聲韻格律。

〔一〇〕蕭氏選：蕭統所編《文選》，其中包括詩歌。其選擇標準「以能文爲本」，偏重辭采。

〔一一〕真性情：指真實的思想情感。上四句針對齊梁聲律詩而言，謂後世詩偏重藝術形式，從而損害了真實質樸的思想感情。

〔一二〕怨刺：諷刺。《漢書·禮樂志》：「周道始缺，怨刺之詩起。王澤既竭，而詩不能作。」

〔一三〕離騷經：尊屈原所作《離騷》爲經，語出《文選》卷三二《騷上》「離騷經」：「序曰：離騷經者，屈原之所作也。」

〔一四〕頌美：頌揚贊美。諂諛：諂媚阿諛。

〔一五〕之罘銘：又名「之罘刻石」、「之罘碑」，秦代刻石之一。秦始皇登之罘山，立石以頌秦德，相傳爲李斯所書。事見《史記·秦始皇本紀》。之罘：山名，也作「芝罘」，秦時屬東萊，今山東省煙臺市芝罘半島，三面環海。

〔一六〕「詩道」二句：孔子論《詩》很重視中和之美。《論語·八佾》：「子曰：『《關雎》樂而不淫，哀而不傷。』」孔安國注：「樂不至淫，哀不至傷，言其和也。」它直接導致了後來以「温柔敦厚」（《禮記》

爲基本内容「詩教」的建立。二句謂《詩經》的爲詩之道隨着時代的變遷而更易。

〔一七〕秦火：秦代大火。歷史上的秦火前後二次：一是秦始皇的「焚書」。公元前二一三年，爲統一思想，禁止儒生以古諷今，秦始皇接受李斯建議，除保留秦國的史書外，其他史書、詩、書及諸子百家之書只有博士官可以保留，民間的全部燒毁。二是秦末項羽燒毁秦宫室的大火。二句謂《詩》歷經秦火浩劫，竟然能流傳下來，好像是上天神靈在保佑。

〔一八〕三百篇：相傳《詩》三千餘篇，經孔子删訂，存三百一十一篇。内六篇有目無詩，實有詩三百零五篇，舉其成數稱三百篇。後即以「三百篇」爲《詩經》代稱。《史記·太史公自序》：「《詩》三百篇，大抵賢聖發憤之所爲作也。」

〔一九〕殷殷：象聲詞。《漢書·郊祀志上》：「若雄雉，其聲殷殷云。」顔師古注：「殷殷，聲也。」金石：金屬和石頭製成的樂器。

〔二〇〕漢儒各名家：指漢初傳授《詩經》的魯齊韓毛「四家詩」。

〔二一〕辯口：謂善於辭令，能言善辯。

〔二二〕康成：鄭玄（一二七——二〇〇），字康成，北海高密（今山東省高密市）人，東漢末年的經學大師。鄭玄以畢生精力注釋儒家經典，《後漢書·鄭玄傳》載其所注有《周易》、《尚書》、《毛詩》、《儀禮》、《禮記》、《論語》、《孝經》等，凡百餘萬言。其中的《〈毛詩傳〉箋》，兼采三家詩説，加以疏解。此書一出，《毛詩》日盛，三家詩漸廢。

〔二三〕連衡：戰國時張儀遊説六國共同事奉秦國稱連衡。二句言自鄭玄力排衆議，統一今古文之爭，諸儒不約而同，群起響應，遂成定局。

〔二四〕祭酒：指唐人孔穎達，字仲達，衡水（今河北省衡水市）人。官至國子祭酒，受唐太宗命作《五經正義》。其中的《毛詩正義》對《毛詩鄭箋》作了詳盡的疏講，成爲科舉考試的標準讀本。

〔二五〕爾雅：書名。中國第一部詞典，是最早解釋詞義的專著。也是儒家十三經之一。由秦漢間學者綴輯周漢諸書舊文，遞相增益而成，爲考證詞義和古代名物的重要典籍。

〔二六〕螯：蟹屬。《論語·陽貨》：「子曰：『小子何莫學夫《詩》？《詩》可以興，可以觀，可以群，可以怨。邇之事父，遠之事君，多識於鳥獸草木之名。」《爾雅》有釋草木魚蟲草鳥獸篇。二句謂自己要讀《爾雅》，絶不會在螯蟹之名的細微末節上用心思，下工夫。

〔二七〕沈謝：南朝宋謝靈運與梁沈約的並稱。杜甫《哭王彭州掄》：「新文生沈謝，異骨降松喬。」仇兆鼇注：「沈謝：沈約、謝靈運。」

〔二八〕篋：書箱。月露：指長於描摹景物的詩歌。

〔二九〕孔徒：孔子弟子，儒學之徒。

〔三〇〕入室：比喻學問或技藝得到師傳，造詣高深。語出《論語·先進》：「由也升堂矣，未入於室也。」邢昺疏：「言子路之學識深淺，譬如自外入内，得其門者。入室爲深，顔淵是也；升堂次之，子路是也。」漢揚雄《法言·吾子》：「如孔氏之門用賦也，則賈誼升堂，相如入室矣。」長卿：司馬相如

（約前一七九—前一一七），字長卿，蜀郡（今四川省成都市）人，西漢文學家。二句言信奉儒家温柔敦厚之詩教者人數衆多，但真正登堂入室成就卓著者少之又少。

〔二二〕「三子」句：宋王應麟《小學紺珠·性理類·三子言性》：「孟子言人性美，荀子言人性惡，揚子言人性善惡混。」揚子，漢揚雄的尊稱。

〔二三〕太玄：書名，西漢揚雄晚年所撰寫的一部擬《周易》之作。《漢書·揚雄傳》：「以爲經莫大于《易》，故作《太玄》；傳莫大於《論語》，作《法言》。」

〔二三〕醬瓿：醬缸。揚雄所作《太玄》，長期不被人所理解。以至於其同事劉歆甚至認爲這部著作是費力不討好之作，恐爲人拿去作醬缸蓋子。事見《漢書·揚雄傳》。

〔二四〕「不如」二句：謂匡鼎講説《詩經》，風趣幽默。語自《漢書·匡衡傳》：「諸儒爲之語曰：『無説《詩》，匡鼎來；匡説《詩》，解人頤。』」

史學 八首

學字學優，延安人〔一〕。兄才，字才長，住太學有聲。學優，正大中省試第一人〔二〕。釋褐舞陽簿〔三〕，辟盧氏令〔四〕，卒官。妻李氏，國初河南尹成之孫女〔五〕，小詩殊有思致〔六〕。學優嘗客京師，有所眷，久而不歸。李作詩寄之云：「百年風樹底，誰淚到君前。」學優得詩，即日命駕〔七〕。

【注】

〔一〕延安：金府名，屬鄜延路。治今陝西省延安市。

〔二〕省試：唐宋時由尚書省禮部主持舉行的考試。又稱禮部試，後稱會試。金代沿用。

〔三〕釋褐：指進士及第授官。舞陽：金縣名，屬南京路裕州，今河南省舞陽縣。

〔四〕辟：薦舉。盧氏：金縣名，屬京兆府路虢州，今河北省盧氏縣。

〔五〕河南尹成：李成，字伯友，雄州歸信（今屬河北省容城縣）人。勇力絕倫，能挽弓三百斤。除安武軍節度使。李成號令甚嚴，衆莫敢犯。臨陣身先諸將。士卒未食不先食，有病者親視之。助宗弼取河南，大破宋守將李興。平河南後，成被封爲河南尹，都管押本路兵馬。正隆間，起爲真定尹，封郡王，濟國公。《金史》卷七九有傳。

〔六〕小詩：短詩。思致：指文學作品的意趣或意境。唐皎然《詩式・詩有二廢》：「雖欲廢巧尚直，而思致不得置；雖欲廢詞尚意，而典麗不得遺。」

〔七〕命駕：命人駕車馬。謂立即動身。

陪陳彥文謁筠泉榮上人　才長〔一〕

强隨禪客到西禪〔二〕，竹柏團青蔭石泉。一首小詩吟不就，閑情元在落花邊。

【注】

〔一〕陳彦文：其人不詳。筠泉榮上人：其人不詳。才長：史才，字才長，史學兄長。順録其兄詩於此。

〔二〕禪客：本指參禪之僧，後亦指俗家參禪者。此處爲後者。

宫詞 學優〔一〕

寶帶香褠水府仙〔二〕，黄旂彩扇九龍船〔三〕。薰風十里瑶華島〔四〕，一派歌聲唱采蓮〔五〕。

【注】

〔一〕宫詞：古代的一種詩體。多寫宫廷生活瑣事，一般爲七言絶句，唐代詩歌中多見，如王建《宫詞》。後世沿而作之者頗多。學優：史學字。

〔二〕褠：直袖的單衣。水府：神話傳説中水神或龍王所住的地方。句謂水中採蓮女衣着華麗，像水府中出來的仙女一般。

〔三〕旂：古代一種旗子。九龍船：以九龍爲飾之船。《文選·張衡·東京賦》：「九龍之内，寔曰嘉德。」薛綜注：「九龍，本周時殿名也。門上有三銅柱，柱有三龍相糾繞，故曰九龍。」

〔四〕薰風：南風。《史記·樂書》：「舜作五絃之琴以歌南風。」集解引其辭曰：「南風之薰兮，可以解吾民之愠兮。」瑶華島：即瓊華島，在今北京北海公園。金時爲離宫，島乃挖池堆土並移宋汴京諸園太湖石而成。按此，詩當史學在中都太學時作。

〔五〕采蓮：即采蓮曲，樂府清商曲名。本於「江南可采蓮，蓮葉何田田」的《江南曲》。南朝梁武帝《江南弄》七曲，《采蓮曲》爲其一。又南朝梁羊侃有愛姬張静婉，美麗善舞。侃嘗自製《采蓮曲》，樂府稱《張静婉采蓮曲》。參見《樂府詩集·相和歌辭一·江南序》及《清商曲辭七·江南弄序》。

默翁溪山横幅

默翁，龐都運才卿自號〔一〕。

五雲雛鳳下遼天〔二〕，來作金鑾翰墨仙〔三〕。詩酒償殘鶯館債〔四〕，簡書薰破鹿門禪〔五〕。自憐歲月塵中老〔六〕，盡攬溪山筆底傳〔七〕。短草疏林秋一幅，典刑人物記當年〔八〕。

【注】

〔一〕默翁：龐鑄，字才卿，號默庵。蓋州（今遼寧省蓋州市）人。明昌五年進士，歷任翰林待制、户部侍郎、京兆路轉運使。博學能言語，詩文字畫皆工。《金史》卷一二六有傳，《中州集》卷五有小傳。横幅：横向觀覽的字畫。

〔二〕五雲：五色瑞雲。多作吉祥的徵兆。雛鳳：指鳳的幼鳥，比喻有才幹的子弟或年輕人。唐元稹《贈嚴童子》：「衛瓘諸孫衛玠珍，可憐雛鳳好青春。」遼天：龐鑄爲蓋州人，原屬遼地，故稱。

〔三〕金鑾：即金鑾殿。唐朝宫殿名，文人學士待詔之所。翰墨：借指文章書畫。句指龐供職翰林院事。

〔四〕「詩酒」句：謂龐鑄原在故鄉放懷詩酒，徜徉於鶯鳴花開的溪山美景中，似欲償還前生宿債。

〔五〕簡書：用於徵召的文書。鹿門禪：佛教傳入中國伊始，鹿門寺便位列中國十大佛教叢林之一。唐代，六祖慧能大師開創南禪之後，鹿門寺遂爲禪宗祖庭。句謂龐鑄原本心靜如水，無意仕進，無奈朝廷徵召，不得已而來。

〔六〕塵中：喻指官場。

〔七〕盡攬：謂龐鑄因懷念往昔，遂將記憶中的溪山窮形盡相地畫出，傳示於世。

〔八〕「典刑」句：謂龐鑄的溪山横幅生動地再現了當年他在美好溪山中隨情盡興的雲水襟懷，堪稱風流儒雅的典範。

李道人嵩陽歸隱圖〔一〕

石壁城頭夜斬關〔二〕，軟紅塵底曉催班〔三〕。道人一笑那知許，門外青溪屋上山〔四〕。

【注】

〔一〕李道人：名若愚，號愛詩。汾州（今山西省汾陽市）人。本爲儒生，後皈依道家。金末不堪兵革之亂，歸隱嵩山，詩畫自娱。除史學此詩之外，尚有元好問《李道人嵩陽歸隱圖》，麻九疇《李道人嵩陽歸隱圖》，劉勳《愛詩李道人嵩陽歸隱圖》，雷淵《李道人嵩陽歸隱圖》，段成己《嵩陽歸隱圖》等。元好問詩中有「可笑李山人，嗜好世所稀。逢人覓詩句，不恤怒與譏」，可知李道人曾攜此畫四處請人題詩。

〔二〕斬關：砍斷門閂。泛指攻破城門。

〔三〕軟紅塵：繁華熱鬧的京都。宋周必大《讀所留佳句次韻爲謝》：「天街並踏軟紅塵，飛鞚交馳駭徼巡。」催班：急促上朝。

〔四〕「道人」二句：言李道人超然世外，對「夜斬關」、「曉催班」等時事政治漠不關心。

晚梅

孤根春半恰春回〔一〕，剛逐夭桃艷杏開〔二〕。蝶子蜂兒應有語，東風元不爲渠來〔三〕。

【注】

〔一〕孤根：獨生的根。句謂孤生的一樹晚梅，在春已過半才開花。

〔二〕剛：恰好。夭桃：稱豔麗的桃花。語出《詩·周南·桃夭》：「桃之夭夭，灼灼其華。」

〔三〕東風：春風。渠：代晚梅。

七夕

箱牛迴馭錦機閑，天上悲歡亦夢間〔一〕。月夜並肩人不見，蕭蕭風葉滿驪山〔二〕。

【注】

〔一〕「箱牛」二句：言一年一度的七夕相會轉瞬即逝，牽牛又向故地返行。箱牛：指牽牛星。語出《詩·小雅·大東》：「睆彼牽牛，不以服箱。」箱：車廂。錦機：此指織女織錦所用的織機。

〔二〕驪山：秦嶺北側的一個支脈，遠望山勢如同一匹駿馬，故名驪山。驪山温泉噴湧，風景秀麗多姿，自古爲帝王遊樂寶地。唐明皇與楊貴妃七月七日相會的長生殿即在此地。二句謂今在驪山望月，想到李楊七夕盟誓諸事，將古今盛衰對比，興發世事滄桑、人生如夢之悲。

醉後

觀魚暫覺心差樂〔一〕，化蝶元來夢亦忙〔二〕。得似醉中都放下〔三〕，春風自與百花香。

【注】

〔一〕觀魚：即「濠上觀魚」。莊子與惠施在濠水邊上觀魚，對魚之樂是否可知進行辯論。比喻悠閑自得的情趣和精神境界。見《莊子・秋水》。差：頗。

〔二〕化蝶：《莊子・齊物論》：「昔者莊周夢爲蝴蝶，栩栩然蝴蝶也。自喻適志與！不知周也。俄然覺，則蘧蘧然周也。不知周之夢爲蝴蝶與？蝴蝶之夢爲周與？」

〔三〕得：何，怎。

過太室〔一〕

三輔祥開表聖期〔二〕，三呼天壽與天齊〔三〕。殿楹碧瓦仍唐制〔四〕，洞鎖蒼苔失漢題〔五〕。柱玉已聞安廟祏〔六〕，劍鋒重爲剪撐黎〔七〕。升中剩有辭臣賦〔八〕，滿望鸞旂鳳蓋西〔九〕。玉柱、卓劍，二峰名。

【注】

〔一〕太室：山名。即嵩山。在今河南省登封市北。

〔二〕三輔：漢都長安城附近地區爲三輔。祥開：漢武帝時有鼎出土，遂迎至甘泉宮，以爲瑞應。「自得寶鼎，上與公卿諸生議封禪」。「有司言寶鼎出爲元鼎，以今年爲元封元年」。見《史記・封禪書第六》。聖期：《孟子・公孫丑下》：「五百年必有王者興，其間必有名世者。」漢王充《論衡・刺孟》：「五百年者，以爲天出聖期也。」後遂以「聖期」爲聖人出世時期。

〔三〕「三呼」句：《漢書·武帝紀》：「元封元年春正月，行幸緱氏。詔曰：『朕用事華山，至於中嶽。……翌日親登嵩高，御史乘屬，在廟旁吏卒咸聞呼「萬歲」者三。』」句謂把人生百年的皇帝呼爲萬歲，想與天齊壽。

〔四〕樐：通「櫓」，指没有頂蓋的望樓。《文選·司馬相如·上林賦》：「河江爲阹，泰山爲櫓。」郭璞注：「櫓，望樓。」唐制：唐朝時留下的規制，式樣。

〔五〕漢題：漢代題名。

〔六〕柱玉：玉柱峰，嵩山峰名。廟祏：宗廟中藏神主的石匣，亦借指祖宗神靈。《金史·地理中》：「宋西京河南府洛陽郡，初置德昌軍。興定元年八月升爲中京，府曰金昌。」《金史·撒合輦傳》：「初，宣宗改河南府爲金昌府，號中京，又擬少室山頂爲御營，命移剌粘合築之。」句當指此。

〔七〕劍鋒：卓劍峰，嵩山峰名。撑黎：即「撑犂」。匈奴語稱天。《漢書·匈奴傳上》：「匈奴謂天爲撑犂。」二句謂聽説朝廷在嵩山築御營，嵩山三十六峰像倚天長劍一樣，又能成爲抵抗蒙古軍的軍事屏障。

〔八〕升中：古帝王祭天上告成功。《禮記·禮器》：「是故因天事天，因地事地，因名山升中於天。」鄭玄注：「升，上也。中，猶成也。謂巡守至於方嶽，燔柴，祭天，告以諸侯之成功也。」後以「升中」指祭天。辭臣：文學侍從之臣。

〔九〕鸞旂鳳蓋：皇帝儀仗的一種。飾有鳳凰圖案的旗幟與傘蓋。《文選·班固·西都賦》：「張鳳蓋，建華旗。」句言西望嵩山，想像中帝王朝臣的旗幟車蓋鋪天蓋地。

侯冊 五首

冊字君澤，以門資仕〔一〕。與杜仲梁、張仲經、劉京叔游〔二〕，用是得名。嘗作樂府云：「玉堦春草傷心碧，錦瑟華年過眼空。」又云：「千金買斷青樓月，爛醉桃花扇影風。」人多愛之。壬辰歲〔三〕，病京師圍中，作詞云：「迴首鳳皇城下路，人不見，月茫茫。」明日，君澤死。其後京城亦丘墟矣。

【注】

〔一〕門資：指因父兄爲官而子弟特予享受入仕的優惠待遇。

〔二〕杜仲梁：杜仁傑，字仲梁，號善夫。濟南長清（今屬山東省濟南市）人。正大中與麻革、張澄隱居内鄉山中。元初，屢被徵召不出。性善謔，才學宏博。平生與元好問相契，有詩文相酬。張仲經：張澄，字仲經。南渡後居三鄉、内鄉，與元好問交往，有詩名。金亡北渡，入東平嚴實幕府。劉京叔：劉祁，字京叔，號神川遯士。應州渾源（今山西省渾源縣）人。金末元初人，著有《歸潛志》。

〔三〕壬辰：金哀宗天興元年（一二三二）歲次壬辰。

寒食①〔一〕

交游零落葉辭柯〔二〕，歲月崢嶸馬注坡〔三〕。燕子不來寒食過，滿城風雨落紅多〔四〕。

【校】

① 題下，毛本有「時年十八」四字。

【注】

〔一〕寒食：寒食節。在清明前一二日，有寒食、詠詩等習俗。

〔二〕零落：喻死亡。《文選·孔融·論盛孝章書》：「海內知識，零落殆盡。」張銑注：「零落，死也。」

柯：樹木的枝幹。

〔三〕崢嶸：形容歲月逝去。《文選·鮑照·舞鶴賦》：「歲崢嶸而愁暮，心惆悵而哀離。」李善注：「歲之將盡，猶物之高。」注坡：謂從斜坡上急馳而下。

〔四〕落紅：落花。

醉中

爛醉歸來驢失脚〔一〕，破靴指天冠倒卓〔二〕。起來白眼望青天〔三〕，狂氣崢嶸無處着〔四〕。陶潛止酒意有在〔五〕，餔糟啜醨良未害〔六〕。君看謝奕對桓温，得失老兵何足怪〔七〕。螟蛉蜾蠃待二豪〔八〕，飲中寧有山家濤〔九〕。平明徑訪陳驚坐〔一〇〕，相對春風把蟹螯〔一一〕。

【注】

〔一〕「爛醉」句：化用宋黄庭堅《老杜浣花溪圖引》「兒呼不蘇驢失脚，猶恐醒來有新作」詩意，形容醉後行路左右摇擺、跌倒在地之狀。

〔二〕倒卓：猶倒立、倒豎。

〔三〕白眼望青天：用杜甫《飲中八仙歌》詩句：「宗之瀟灑美少年，舉觴白眼望青天，皎如玉樹臨風前。」

〔四〕崢嶸：卓越，不平凡。蘇軾《和劉景文見贈》：「元龍本志陋曹吴，豪氣崢嶸老不除。」

〔五〕止酒：戒酒。晉陶潛《止酒》：「平生不止酒，止酒情無喜。」

〔六〕餔糟啜醨：吃酒糟，喝薄酒。句言因生計貧困，爲過酒癮，不得已而求其次，儘管酒劣也無妨。

〔七〕「君看」二句：用謝奕醉酒典故。謝奕，字無奕，東晉陳郡陽夏（今河南省太康縣）人。謝安之兄，謝玄之父，官至安西將軍、豫州刺史。奕與桓温友善。温辟其爲安西司馬。奕每因酒，無復朝廷禮，嘗逼温飲，温走入南康主門避之。謝奕不敢入公主門，只能抓住一個兵帥共飲，曰：「失一老兵，得一老兵，亦何所怪。」温亦不責之。事見《晉書·謝奕傳》。

〔八〕「螟蛉」句：劉伶《酒德賦》：「俯觀萬物，擾擾焉若江海之載浮萍。二豪侍側焉，如蜾蠃之與螟蛉。」狀進入醉鄉之妙：視萬物如浮萍，視二豪如二蟲。二豪：指賦中對先生醉酒作憤憤不平狀的「貴介公子」和「搢紳處士」。蜾蠃：寄生蜂的一種，腰細，體青黑色，長約半寸，以泥土築巢於樹枝或壁上，捕捉螟蛉幼蟲，作爲食物。劉伶用二蟲喻「二豪」之渺小。

〔九〕山家濤：用「山濤八斗」典故。山濤，字巨源，西晉河内懷縣（今河南省武陟縣西）人。「竹林七賢」之一。累官吏部尚書、太子少傅、左僕射等。山濤飲酒，八斗而止，多一點都不喝。《晉書·山濤傳》：「濤飲酒至八斗方醉，帝欲試之，乃以酒八斗飲濤，而密益其酒，濤極本量而止。」

〔一〇〕陳驚坐：陳遵，字孟公，西漢杜陵（今陝西省西安市）人。南朝宋羊欣《采古來能書人名》謂陳遵「善篆、隸，每書，一座皆驚，時人謂爲『陳驚座』」。遵嗜酒，每大飲，賓客滿堂，輒關門，取客車轄投井中，雖有急，終不得去。事見《漢書·陳遵傳》。

〔一一〕把蟹螯：用晉人畢卓典故。畢卓，字茂世，新蔡鮦陽（今安徽省臨泉縣鮦城）人。太興末年爲吏部郎，因飲酒而廢職。《世説新語·任誕篇》載，畢茂世云：「一手持蟹螯，一手持酒杯，拍浮酒池中，便足了一生！」

學古體〔一〕

桐風吹月烏啼井，蟾波濕露沉雲影〔二〕。素絲牽玉轉泉華〔三〕，美人睡覺燕支冷〔四〕。銀鈎掛簾北窗曉，翠鬟臨鏡雙鸞小〔五〕。黄衫少年望不來〔六〕，寂寂庭堦滿春草〔七〕。

【注】

〔一〕古體：即古體詩，詩體名。又名古詩，古風。相對於近體詩而言。形式有四言、五言、七言、雜言等，不要求對仗，平仄與用韻比較自由。後世使用五言、七言者較多。

〔二〕蟾波：指月光。

〔三〕泉華：指首句烏啼之「井」。

〔四〕燕支：即胭脂。一種紅色的顔料。婦女用作化妝品。

〔五〕翠鬟：婦女環形的髮式。鸞：釵鸞，首端有鸞狀鑲飾物的釵。句暗用「孤鸞死鏡前」典。南朝宋范泰《鸞鳥詩序》言，罽賓王獲一鸞鳥，三年不鳴。其夫人曰：「嘗聞鳥見其類而後鳴，何不懸鏡以映之？」王從其意。「鸞睹影感契，慨然悲鳴，哀響沖霄，一奮而絶。嗟乎此禽，何情之深。」後常用作失偶之典。唐李商隱《鸞鳳》：「舊鏡鸞何處，衰桐鳳不棲。」句言女子臨鏡目睹鳳釵聯想到此典及離久之戀人，故有下二句。

〔六〕黄衫少年：隋唐時豪門少年穿黄色華貴服裝，故稱。

〔七〕「寂寂」句：形容無人過問、門庭冷落的荒涼之狀。

昨朝〔一〕

昨朝已作春歸辭〔二〕，今日還成送客詩。客子春光俱不見，落花寂寂閉門時〔三〕。

【注】

〔一〕昨朝：昨天。

〔二〕春歸：春去，春盡。

〔三〕寂寂：寂靜無聲貌。唐王維《寒食汜上作》：「落花寂寂啼山鳥，楊柳青青渡水人。」

楚宫〔一〕

離宫樓閣與天通〔二〕，暮雨朝雲入夢中〔三〕。回首舊時歌舞地，女蘿山鬼泣秋風〔四〕。

【注】

〔一〕楚宫：古楚國的宫殿。杜甫《詠懷古跡》其二：「最是楚宫俱泯滅，舟人指點到今疑。」

〔二〕離宫：古代帝王在都城之外的宫殿，也泛指皇帝出巡時的住所。

〔三〕「暮雨」句：指男女間的情愛與歡會。典出戰國楚宋玉《高唐賦》：「昔者先王嘗游高唐，怠而晝寢，夢見一婦人，曰：『妾，巫山之女也，爲高唐之客。聞君游高唐，願薦枕席。』王因幸之。去而辭曰：『妾在巫山之陽，高丘之阻，旦爲朝雲，暮爲行雨，朝朝暮暮，陽臺之下。』」

〔四〕女蘿山鬼：楚地山中女神。《楚辭·九歌·山鬼》：「若有人兮山之阿，被薜荔兮帶女蘿。」

王元粹 三十三首

元粹字子正，初名元亮，後止名粹，平州人〔一〕，系出遼世衣冠家〔二〕。年十八九，作詩便有高趣〔三〕。性習專固〔四〕，世事不以累其業，故時輩無能當之者。正大末，用門資叙〔五〕，爲南陽酒官〔六〕，遭亂流寓襄陽〔七〕。襄陽破〔八〕，隻身北歸，寄食燕中〔九〕，遂爲黄冠師〔一〇〕。有「十月風霜侵病骨，數家針線補殘衣」之句。親舊有憐其孤苦，欲爲之更娶者，子正業已高舉，主太極道院〔一一〕，竟不能自返。年四十餘，癸卯九月病卒〔一二〕。詩人淄川楊叔能挽之云〔一三〕：「匹婦主中饋，雖貧生理存。五言造平淡，隻影卧黄昏。漫下陳蕃榻，虚沾文舉尊。北平家世絶，銜恨入荒原。」從弟鬱，亦攻詩，方之其兄，蓋商周矣〔一四〕。

【注】

〔一〕平州：金州名，屬中都路，治今河北省盧龍縣。

〔二〕衣冠：代指搢紳、士大夫。

〔三〕高趣：高雅的志趣。

〔四〕性習：習性。專固：堅定，專一。

〔五〕門資：指因父兄爲官而子弟特予享受入仕的優惠待遇。

〔六〕南陽：金縣名，屬南京路鄧州，今河南省南陽市。

〔七〕襄陽：宋府名，屬京西南路，治今湖北省襄陽市。

〔八〕襄陽破：蒙古太宗八年丙申（一二三六），宋襄陽守軍亂，降蒙古。

〔九〕燕中：燕京，金中都。今北京市。

〔一〇〕黄冠師：道士。

〔一一〕太極道院：蒙古太宗十年（一二三八）建於燕京。

〔一二〕癸卯：蒙古乃馬真后二年（一二四三）歲次癸卯。

〔一三〕楊叔能：楊宏道字叔能，淄川（今山東省淄博市）人。在金嘗監麟遊縣酒税。金末至南宋，任唐州司户。北還寓家濟源。以詩聞於世。見元鮮于樞《困學齋雜録》。

〔一四〕商周：語自《左傳·桓公十一年》：「師克在和，不在衆。商周之不敵，君之所聞也。」後用比喻兩者難以匹敵，不能相提並論。南朝梁鍾嶸《詩品》卷下：「惠休淫靡，情過其才，世遂匹之鮑照，恐商周矣。」

春日　時年十八

春日何慘慘〔一〕，春雲何陰陰。桃李都未花，况乃餘寒侵。久在城市居，而無人見尋〔二〕。讀易了一編〔三〕，靜見天地心〔四〕。貧士寡徒侶〔五〕，古來非獨今。

【注】

〔一〕慘慘：憂悶，憂愁。

〔二〕「久在」二句：猶「富在深山有遠親，貧居鬧市無人問」，有自諷亦諷世意。

〔三〕易：《易經》。

〔四〕天地心：指自然界或社會。《易·復》：「復其見天地之心乎？」本指天地萬物之質性、規律，此偏指人間世態炎涼。

〔五〕徒侶：朋輩，同伴。

臨高

客子臨高秋思生〔一〕，碧山無際暮雲横。但看八月草木落，未見中原塵坌清〔二〕。流景暗徂人易老〔三〕，故園何在夢頻驚。尊中有物同誰盡〔四〕，正要相看醉膽傾〔五〕。

【注】

〔一〕秋思：秋日的思緒。

〔二〕塵坌：灰塵，塵土。代指戰爭。

〔三〕流景：謂如流的光陰。唐武平一《妾薄命》：「流景一何速，年華不可追。」徂：往。

〔四〕尊中有物：指酒。

〔五〕醉膽：醉酒後的膽量。形容人之豪情、豪氣。元好問《過希顔故居》其一：「缺壺聲裏短歌行，星斗闌干醉膽横。」二句寫思念昔日在鄉與友人縱情豪飲之情形。

葉縣贈李長源〔一〕

相見各異縣〔二〕，歲暮風霜清。三日同眠食，深見故人情。借問何所歷，大梁與秦京〔三〕。悠悠川途永〔四〕，冉冉歲月傾〔五〕。子當東北馳，予亦西南征。人事相羈束〔六〕，何時當合并〔七〕。聊斟昆陽酒〔八〕，爲澆胸次平〔九〕。出處固難必〔一〇〕，勉哉崇令名〔一一〕。

【注】

〔一〕葉縣：金縣名，初屬汝州，後歸裕州，今河南省葉縣。李長源：李汾（一一九二——一二三二），字長源，平晉（今山西省太原市）人，舉進士不第，入史院書寫，被逐。後爲武仙署掌書記，未幾，爲仙麾下所殺，一説絶食死。工詩，雄健有法。其樂府歌行，尤雄峭可喜。《金史》卷一二六有傳，《中州集》卷一〇、《歸潛志》卷二有小傳。

〔二〕異縣：指異地，外地。漢陳琳《飲馬長城窟行》：「他鄉各異縣，輾轉不相見。」

〔三〕大梁：指汴京。元光間，李汾游大梁，舉進士不中，用薦爲史館書寫。秦京：指長安。此處代關中。李汾曾避亂入關，京兆尹愛其材，招致門下。事見《金史·李汾傳》。

〔四〕悠悠：遼闊無際，遥遠。《詩·王風·黍離》：「知我者謂我心憂，不知我者謂我何求。悠悠蒼天，此何人哉？」毛傳：「悠悠，遠意。」川途：道路，路途。永：泛指長。兼指時間和空間。元好問《出京》：「矯首孤雲飛，西南路何永。」

〔五〕冉冉：漸進貌。形容時光漸漸流逝。《文選·屈原·離騷》：「老冉冉其將至兮，恐修名之不立。」吕向注：「冉冉，漸漸也。」

〔六〕羈束：猶拘束。

〔七〕合并：聚會。

〔八〕昆陽：葉縣舊稱。

〔九〕胸次：胸間。句謂以酒澆平胸中鬱結的不平之氣。《世説新語·任誕》：「阮籍胸中壘塊，故須酒澆之。」

〔一〇〕出處：出路。指前途，命運。難必：難以料定。

〔一一〕令名：指好的名聲。

送李文起令鄜城〔一〕

好去鄜城宰〔二〕，當途有薦章〔三〕。長才試縣邑〔四〕，嘉政寄循良〔五〕。遠路連秋草，征衫帶夕陽〔六〕。濟時公等在〔七〕，吾欲泛滄浪〔八〕。

【注】

〔一〕李文起：曾爲鄜城令，餘不詳。鄜城：金縣名，屬鄜延路鄜州，今陝西省洛川縣。

〔二〕好去：送別之詞。猶言好走，一路平安。宰：縣宰，即縣令。

〔三〕當途：指掌握政權的人。薦章：推薦人才的奏章；舉薦文書。

〔四〕長才：優異的才能。

〔五〕嘉政：善政；德政。循良：指循良的官吏。古代史書辟有「循吏傳」，專載爲官一地，造福一方，施行仁政的官員政績。

〔六〕征衫：旅人之衣，代指遠行之人。

〔七〕濟時：濟世救時。

〔八〕泛滄浪：代歸隱。

九日〔一〕

憑高一望客心傷〔二〕，風景蕭條是楚鄉〔三〕。飛雁欲歸何處去，幽花還似昔年芳。詩因感物聊成詠，酒爲隨人强舉觴。十載蹉跎身事晚〔四〕，每逢佳節轉淒涼。

【注】

〔一〕九日：指農曆九月九日重陽節。《藝文類聚》卷四引南朝梁吴均《續齊諧記》：「今世人每至九日，登山飲菊酒。」

〔二〕憑高：登臨高處。古人有重陽登高的習俗。客心傷：久離家鄉的遊子之心因眷戀而悲傷。

〔三〕蕭條：寂寞冷落；凋零。《楚辭·九章·遠遊》：「山蕭條而無獸兮，野寂寞其無人。」楚鄉：楚地。

〔四〕蹉跎：失意；虛度光陰。

壽李長源〔一〕

匹馬短衣看此行〔二〕，看君誰信是書生。聽詩未覺秦川遠〔三〕，倚劍長懷晉水清〔四〕。一飯見哀韓信恥〔五〕，千金爲壽魯連輕〔六〕。壯年休灑新亭淚〔七〕，且爲江山灌巨觥〔八〕。

【注】

〔一〕李長源：李汾（一一九二——一二三二），字長源。詳見前詩。

〔二〕短衣：短裝。古代爲平民、士兵等所服。《史記·劉敬叔孫通列傳》：「叔孫通儒服，漢王憎之。迺變其服，服短衣，楚製，漢王喜。」司馬貞索隱：「孔文祥云：『短衣便事，非儒者衣服。高祖楚人，故從其俗裁製。』」杜甫《送舍弟潁赴齊州》其三：「短衣防戰地，匹馬逐秋風。」

〔三〕秦川：古地區名。泛指今陝西、甘肅的秦嶺以北平原地帶。因春秋、戰國時地屬秦國而得名。李汾曾在關中長期謀生，多有詩作寫秦川，故云。

〔四〕晉水：源出今太原市晉祠。句言李汾生長於崇尚雄武的并州，有豪壯慷慨之氣。

〔五〕「一飯」句：韓信始爲布衣時，貧無行，嘗從人寄食，人多厭之。信釣於城下，有一母見信飢，飯信。信喜，謂漂母曰：「吾必有以重報母。」母怒曰：「大丈夫不能自食，吾哀王孫而進食，豈望報乎？」信既貴，酬以千金。事見《史記·淮陰侯列傳》。

〔六〕「千金」句：用魯仲連「千金壽」典故。戰國時，魯仲連爲趙國解除秦兵之圍，平原君欲封魯連，魯連辭讓者三，終不肯受。平原君乃置酒，酒酣起前，以千金爲魯連壽。魯連笑曰：「所貴於天下之士者，爲人排患釋難解紛亂而無取也。即有取者，是商賈之事也，而連不忍爲也。」遂辭平原君而去，終身不復見。事見《史記・魯仲連鄒陽列傳》。後多用爲祝壽之辭。

〔七〕新亭淚：《世説新語・言語》：「過江諸人，每至美日，輒相邀新亭，藉卉飲宴。周侯中坐而歎曰：『風景不殊，正自有山河之異！』皆相視流淚。唯王丞相愀然變色曰：『當共勠力王室，克復神州，何至作楚囚相對！』」句勸李不要因爲故鄉淪陷，有家難歸而傷心。

〔八〕巨觥：大的角質酒器。引申指大杯的酒。

旅次〔一〕

旅次渾無定，生涯亦漫勞〔二〕。病求方士藥〔三〕，寒憶故人袍〔四〕。避俗惟黄卷〔五〕，忘憂但濁醪〔六〕。柴門多落葉，昨夜朔風高〔七〕。

【注】

〔一〕旅次：旅人暫居的地方。語本《易・旅》：「旅即次。」王弼注：「次者可以安行旅之地也。」

〔二〕漫勞：徒勞；勞而無功。

〔三〕方士：泛指從事醫、卜、星、相類職業的人。

〔四〕「寒憶」句：《史記·范雎傳》載：「魏使須賈于秦。范雎聞之，爲微行，敝衣間步之邸，見須賈。」「須賈意哀之，留與坐飲食。曰：『范叔一寒如此哉！』乃取其一綈袍以賜之。」句謂自己常懷念在貧困窘迫時得友人之助的恩德。

〔五〕黄卷：書籍。晉葛洪《抱朴子·疾謬》：「雜碎故事，蓋是窮巷諸生，章句之士，吟詠而向枯簡，匍匐以守黄卷者所宜識。」楊明照校箋：「古人寫書用紙，以黄蘗汁染之防蠹，故稱書爲黄卷。」

〔六〕濁醪：濁酒。晉左思《魏都賦》：「清酤如濟，濁醪如河。」句亦曹操《短歌行》「何以解憂，唯有杜康」之意。

〔七〕朔風：北風，寒風。三國魏曹植《朔方》：「仰彼朔風，用懷魏都。」

西山避亂三首〔一〕

蒼山多回互〔二〕，四望令人迷。過午日已暖，殘雪融爲泥。路滑不可進，弱葛愁攀躋〔三〕。老幼委溝壑〔四〕，不如犬與雞。嗷嗷同行子〔五〕，手中各有攜。汲澗爲飲食，架木爲巖棲〔六〕。夜半三四驚，翁媪禁兒啼〔七〕。念我長病母，亂離隔東西。

【注】

〔一〕詩題：據下詩「憶昨離鄂城」句，詩當作於金亡詩人流寓南宋襄陽（今湖北省襄樊市）時。宋理宗端平二年（一二三五）蒙古兵破棗陽，又循襄、鄧入郢。第二年攻占郢州，襄陽府歸附蒙古。西山：山名，在今湖北鄂城縣西，與北面的樊山相接。

〔二〕回互：回環交錯。

〔三〕弱葛：細弱的葛藤。攀躋：猶攀登。

〔四〕「老幼」句：謂山溝裏遍布着老人與孩子們的屍體。委：拋棄。

〔五〕嗷嗷：哀號聲。

〔六〕巖棲：在山崖下棲居。

〔七〕翁：年老的男子。媼：年老的婦女。翁媼：泛指老人。句謂老人們都在防備自己的孩子哭啼，以免暴露行蹤，引來蒙古兵。

又

野宿不得曉，飛霜沾敝袍〔一〕。空山凝寒色，天邊星月高。憶昨離鄂城〔二〕，數家同遁逃。穿林恐相失，前後聞呼號。避亂但欲遠，焉知登頓勞〔三〕。俯臨萬仞壑〔四〕，性命輕鴻毛〔五〕。

【注】

〔一〕敝袍：指破舊棉袍。

〔二〕鄂城：今湖北省鄂州市。

〔三〕焉知：怎知，哪知。登頓：上下；行止。《文選·謝靈運·過始寧墅》：「山行窮登頓，水涉盡洄沿。」李周翰注：「登頓，謂上下也。」

〔四〕萬仞：古時以八尺或七尺爲一仞。萬仞，極言其高或深。

〔五〕「性命」句：語出漢司馬遷《報任安書》。此處指難民的生命毫無保障，隨時都有危險。

又

青青道邊麥，知是誰家田。山田固已薄，榛石復相連〔一〕。旁有破茅屋，日入不見煙。借問舊居者，聞亂已西遷。平生苦淪薄〔二〕，對此增慨然。甲兵暗宇宙〔三〕，誰能安一廛〔四〕。愁憂無從訴，仰面視蒼天。伐木南澗底，雙鹿過我前。

【注】

〔一〕榛石：榛蕪、亂石，喻荒田。

〔二〕淪薄：猶漂泊。南朝宋謝靈運《擬魏太子鄴中集詩八首》：「一旦逢世難，淪薄恒羈旅。」

〔三〕甲兵：指戰爭；戰亂。

〔四〕一廛：泛指一塊土地，一處居宅。代安居之處。《孟子·滕文公上》：「聞君行仁政，願受一廛而爲氓。」唐柳宗元《柳長侍行狀》：「無一廛之土以處其子孫，無一畝之室以聚其族屬。」

還鄂城舊居　四月六日作〔一〕

南風兵塵遠〔二〕，病客返舊居。入門顧西壁，書籍亦無餘。數口共嗷嗷〔三〕，日事將何如〔四〕。屋破未暇葺〔五〕，草滿須當鋤。昔去季冬末〔六〕，今來孟夏初〔七〕。深媿資用絶〔八〕，時時煩里閭〔九〕。

【注】

〔一〕鄂城：今湖北省鄂州市。詩當避亂西山後次年返鄂城時作。

〔二〕南風：從南向北刮的風。《詩·邶風·凱風》「凱風自南」毛傳：「南風謂之凱風。」兵塵：兵馬揚起的煙塵，借指戰事。句謂南風將兵塵吹走，北兵已遠去。

〔三〕嗷嗷：叫呼聲。《楚辭·九歎·惜賢》：「聲嗷嗷以寂寥兮，顧僕夫之憔悴。」王逸注：「嗷嗷，呼聲也。」句謂家中小兒嗷嗷待哺。

〔四〕日事：度日謀生之事。

〔五〕葺：用茅草覆蓋房屋。《左傳·襄公三十一年》：「繕完葺牆，以待賓客。」孔穎達疏：「葺牆，謂草覆牆也。」

〔六〕季冬：冬季的最後一個月，農曆十二月。
〔七〕孟夏：夏季的第一個月，農曆四月。
〔八〕資用：錢財費用。
〔九〕里閭：里巷；鄉里。

經廢宅

誰家住宅北山隈〔一〕，亂後逋人尚未回〔二〕。惆悵門前是官道〔三〕，臨風一樹杏花開。

【注】
〔一〕山隈：山的彎曲處。
〔二〕逋人：逃亡在外的人。
〔三〕「惆悵」句：言逋人之所以避亂離家久而不歸，是因爲其門前乃兵馬往復的交通要道，恐遭不測，有家難歸，故引發惆悵之感。

登鄂城寺樓

亂後行藏豈自由〔一〕，此身雖在病兼憂。一杯徒積黄泉恨〔二〕，四壁難爲白日謀〔三〕。數極乾坤見中否〔四〕，跡隨溝壑恐長休〔五〕。可憐海内干戈滿，獨對江山倚寺樓。

【注】

〔一〕行藏：指出處或行止。

〔二〕黄泉：指人死後埋葬的地方；陰間。句言本想借酒消愁，誰想不僅徒勞無益，反而有害傷身，會加速死亡的進程。

〔三〕「四壁」句：暗用漢司馬相如「家徒四壁」典，言無米下鍋，饑腸轆轆，難以度日。

〔四〕數極乾坤：《易》學認爲物生而後有象，象成而後有數，窮數極變而爲終。乾卦六爻皆陽，坤卦六爻皆陰，陽極陰生，陰極陽生。中否：中道衰落。句謂天命氣數已窮極生變，世道大亂。

〔五〕長休：死亡的婉辭。

八月二十三日夜走西山

婦病不能進，兒啼不肯行。蒼茫荒野外，北風鼓鼙聲〔一〕。老幼夜中逃，失路入榛荆〔二〕。月出天欲曙，山頭烽火明〔三〕。鄧卒一戰潰〔四〕，敵勢遂縱横〔五〕。昨朝使帖下〔六〕，主將亦還營。嗷嗷二十載〔七〕，何時見昇平。我生值世亂，世亂難爲生。

【注】

〔一〕鼓鼙：古代軍中常用的樂器。指大鼓和小鼓。此代指軍隊。

〔二〕榛荆：猶荆棘。

〔三〕烽火：古時邊防報警的煙火。此指戰火。

〔四〕鄧卒：鄧州軍士。今河南省鄧州市，金爲武勝軍節度。詩當金亡前作。

〔五〕縱横：肆意横行，無所顧忌。

〔六〕帖：官府文書，公文。

〔七〕嗷嗷：衆口愁怨聲。

哭李長源〔一〕

十月西來始哭君，山中何處有孤墳。以才見殺人皆惜〔二〕，忤物能全我未聞〔三〕。李白歌詩堪應詔〔四〕，陳琳書檄偶從軍①〔五〕。窮途無地酬知己〔六〕，會待昇平緝舊文〔七〕。

【校】

①書：毛本作「草」。

【注】

〔一〕詩題：此詩應爲李汾被殺之年所作。關於李汾之死的記載有異。《金史・哀宗上》「天興元年六月」下云：「丁丑，恒山公武仙殺士人李汾。」《金史・李汾傳》：「恒山公武仙署行尚書省講議官。既而仙與參知政事完顔思烈相異同，頗謀自安，懼汾言論，欲除之。汾覺，遁泌陽，仙令總帥王德追獲之，鎖養馬坪，絶食而死，年未四十。」《中州集》小傳略同。然劉祁《歸潛志》卷二小傳則云：「金國亡，長源勸仙歸宋，未幾爲仙麾下所殺。」考《金史・完顔思烈傳》其與武仙論議不同事在天興元年，汾即死於是年。《金史》對其事之年月日言之鑿鑿，從之。

〔二〕「以才」句：杜甫《不見》：「不見李生久，佯狂真可哀。世人皆欲殺，吾意獨憐才。」句言李汾以才高招人妒嫉。

〔三〕忤物：不順從；與人不合。《金史・李汾傳》：「爲人尚氣，跌宕不羈，性褊躁，觸之輒怒，以是多爲人所惡。」

〔四〕「李白」句：李白以歌詩聞名天下，應詔長安。《新唐書・李白傳》：「往見賀知章。知章見其文，歎曰：『子謫仙人也。』言於玄宗，召見金鑾殿，論當世事，奏頌一篇，帝賜食，親爲調羹，有詔供奉翰林。」李汾工詩，劉祁《歸潛志》卷二：「（汾）工於詩，專學唐人，其妙處不減太白、崔顥。」句言李汾有李白詩才，應該被詔入朝廷，供職起草詔誥等事。

〔五〕陳琳書檄：陳琳在袁紹幕時，曾作《爲袁紹檄豫州》文，討伐曹操。李汾曾入武仙幕爲掌書記，故以陳琳比之。劉祁《歸潛志》卷二：「客唐鄧，會北兵入境，恒山公武仙署爲掌書記。」

〔六〕窮途：路的盡頭，比喻處境艱難。

〔七〕緝舊文：輯録、整理其舊作詩文。

襄陽七絶句〔一〕

江雨初晴江漲發，涼風吹水波浪開。日暮津頭聞打鼓〔二〕，越商巴賈卸船來〔三〕。

【注】

〔一〕襄陽：宋代府名，屬京西南路，治今湖北省襄陽市。

〔二〕打鼓：古時在船出發、停泊時的擊鼓聲。

〔三〕越商巴賈：江浙和重慶四川的商人。

又

街頭魚米近頗貴，縮項長腰最可珍〔一〕。江東蓴鱸亦何好，能令張翰稱達人〔二〕。

【注】

〔一〕縮項：縮項鯿魚，又名武昌魚。漢水流經襄陽段，水中産一種鯿魚，頭項短粗、背弓、體扁平而寬，鱗細而銀白，俗稱縮項鯿魚，以肥美著名。杜甫《解悶》其六：「即今耆舊無新語，漫釣槎頭縮頸鯿。」仇兆鼇注：「習鑿齒《襄陽耆舊傳》云：『峴山下漢水中出鯿魚，味極肥而美，襄陽人採捕，遂以槎斷水，因謂之槎頭縮項鯿。』」長腰：長腰粳米，漢上米之絶好者。諺云：「長腰粳米，縮頭鯿魚。」皆言其好者。宋陸游《秋夜示兒輩》：「縮項鯿魚晚收釣，長腰粳米出新礱。」

〔二〕「江東」二句：用張翰典故。張翰，字季鷹。西晉吴縣（今江蘇省蘇州市）人。張季鷹辟齊王東曹掾，在洛見秋風起，因思吴中菰菜蓴羹、鱸魚膾，曰：「人生貴得適意爾，何能羈宦數千里以要名爵！」遂命駕便歸。俄而齊王敗，時人皆謂爲見機。事見《世説新語·識鑒》。達人：精通事理、有預見之人。

又

近值喪亂棄中原，南來亦復着南冠〔一〕。吾家舊井峴山畔〔二〕，野老謾作北人看〔三〕。

【注】

〔一〕南冠：春秋時楚人之冠。後泛指南方人之冠。

〔二〕舊井：故里。峴山：山名。在湖北襄陽縣南。又名峴首山。東臨漢水，爲襄陽南面要塞。或王元粹祖上爲南人，後遷徙到河北，故中原遭亂時，避於襄陽。

〔三〕謾：莫，不要。

又

襄陽城府自古雄〔一〕，千甍萬瓦當晴空〔二〕。短衣少年何處客，相邀一醉楚樓中。

【注】

〔一〕城府：城池及官署。

〔二〕甍：屋脊。

又

城東大堤堤上頭，何處女郎同出遊。紫蓋留連不歸去〔一〕，唱歌日暮傍汀洲〔二〕。

【注】

〔一〕紫蓋：紫色車蓋。

〔二〕汀洲：水中小洲。

又

江上小兒誇善没〔一〕，一日入水知幾回。汝曹未有機心在，緣底鷗鳥不飛來〔二〕。

【注】

〔一〕善没：善於潛水或游泳。

〔二〕「汝曹」二句：用列子典故。《列子·黄帝》：「海上之人有好鷗鳥者，每旦之海上，從鷗鳥遊。鷗鳥之至者百往而不止。其父曰：『吾聞鷗鳥皆從汝遊，汝取來，吾玩之。』明日之海上，鷗鳥舞而不下也。」緣底：因何，爲什麽。

又

歎息耆舊不復見〔一〕，欲問土風誰爲陳〔二〕。羊公遺碑武侯廟〔三〕，江邊酒家説向人。

【注】

〔一〕耆舊：年高望重者。

〔二〕土風：當地的風俗。陳：陳述，述説。

〔三〕羊公遺碑：晉羊祜都督荆州諸軍事，鎮襄陽十年，有德政。及卒，襄陽百姓爲立碑於峴山。見其碑者無不流淚。武侯廟：武侯祠是祀奉諸葛亮的祠宇，位於襄陽城西十餘里的隆中山腰。始建於晉朝，歷代都有修繕。

武侯廟〔一〕

武侯祠廟南山曲〔二〕，苔滿荒碑不堪讀。客子登臨又一時〔三〕，秋色蒼蒼入喬木。天下不可無奇材，千年精爽安在哉〔四〕。孤吟裴回不忍去〔五〕，寒日欲下悲風來。

【注】

〔一〕武侯廟：位於襄陽城西十餘里的隆中山腰。

〔二〕曲：彎曲的地方。

〔三〕客子：離家在外旅居異鄉的人。

〔四〕精爽：魂魄。

〔五〕裴回：徘徊。流連；留戀。

萬里

萬里江山動楚吟〔一〕，異鄉風物長年心〔二〕。孤身轉覺乾坤窄〔三〕，往事空驚歲月深。木落高城初過雁，霜飛幽館夜聞砧〔四〕。蹉跎未遂東遊計〔五〕，醉後悲歌淚滿襟。

【注】

〔一〕楚吟：指《楚辭》哀怨的歌吟。《文選·謝靈運·登池上樓》：「祁祁傷豳歌，萋萋感楚吟。」張銑注：「《楚辭》曰：『王孫游兮不歸，春草生兮萋萋。』言感傷此歌吟也。」

〔二〕風物：風光景物。句暗用漢王粲《登樓賦》「江山信美非吾土」意，謂自己久居異鄉，始終心繫故鄉。

〔三〕轉：反而。

〔四〕砧：砧聲，擣衣聲。

〔五〕蹉跎：失意，虛度光陰。東遊計：指動身東遊的打算。

醉後

雲自無依鶴自孤，此生誰信有窮途〔一〕。干戈二十年來客〔二〕，留得殘骸傍酒壚〔三〕。

【注】

〔一〕窮途：絕路。比喻處於極爲困苦的境地。

〔二〕干戈：指戰亂。

〔三〕殘骸：謙詞。意爲老朽之軀。酒壚：賣酒處安置酒甕的砌臺。亦借指酒肆、酒店。

丹陽東樓〔一〕

仙人樓居避蒸濕〔二〕，東樓縹緲群仙集〔三〕。風吹高柏影在衣，忽驚滿座蛟龍入〔四〕。日晚留連共一觴，歸來如夢海生桑〔五〕。片雲送雨山頭黑〔六〕，傍水低飛燕子忙〔七〕。

【注】

〔一〕丹陽：丹水之北。此指詩人任南陽酒官時所經見之丹水，源出陝西商州，東南流經商南縣，又東入河南，經内鄉、淅川，東會淅水。

〔二〕蒸濕：熱而潮濕。

〔三〕縹緲：隱隱約約，若有若無的樣子。形容群仙來集之態。

〔四〕蛟龍：古代傳説的兩種動物，居深水中。相傳蛟能發洪水，龍能興雲雨。此用以狀高柏的影子，如張牙舞爪的蛟龍一般。

〔五〕海生桑：滄海桑田。大海變成農田。比喻世事的變化很大。語自晉葛洪《神仙傳·麻姑》：「麻姑自説云，接待以來，已見東海三爲桑田。」

〔六〕片雲：很少的雲。杜甫《陪諸貴公子丈八溝攜妓納涼晚際遇雨》：「片雲頭上黑，應是雨催詩。」

〔七〕「傍水」句：下雨前的徵兆，諺曰：「燕子低飛蛇過道，大雨不久就來到。」

東樓雨中七首〔一〕

水邊人去燕爭泥〔二〕，風動緑荷香滿溪。高樹遶樓遮望眼，獨看山色過牆西。

【注】

〔一〕東樓：指上詩丹陽之東樓，在内鄉一帶。

〔二〕燕爭泥：燕子爭搶着銜泥築巢。

又

倚樓人看水東流，橋上行人卻望樓。零落故宫無覓處〔一〕，蕭蕭禾黍滿城秋〔二〕。

【注】

〔一〕零落：衰頽敗落。故宫：舊時的宫殿。

〔二〕蕭蕭：象聲詞。形容草木摇落聲等。二句暗用《詩·王風·黍離》詩意，寓黍離麥秀之悲。《詩序》：「《黍離》，憫宗周（西周都城鎬京，今陝西省西安市西南）也。周大夫行役，至於宗周。過宗廟宫室，盡爲禾黍。閔周室之顛覆，彷徨不忍去，而作是詩也。」

又

多年蒼柏拂檐枝，燕子飛來語向誰。枕簟不妨留客住〔一〕，滿樓風雨下簾時。

【注】

〔一〕枕簟：枕席。泛指卧具。

又

雨入溪樓不見山，雨晴依舊數峰閑。韋郎詩句王維畫〔一〕，好在幽人指顧間〔二〕。

【注】

〔一〕韋郎：唐朝詩人韋應物，詩風恬淡高遠，以善於寫景和描寫隱逸生活著稱。王維：唐代詩人、畫家。蘇軾評王維詩中有畫，畫中有詩。

〔二〕好在：猶依舊。唐常建《落第長安》：「家園好在尚留秦，恥作明時失路人。」幽人：幽居之士。指顧：手指目視；指點顧盼。

又

庭中野蔓走青蛇〔一〕，窗外萱葵亂彩霞〔二〕。雲漏斜陽雷漸遠，東邊飛雨到瓊華〔三〕。

【注】

〔一〕野蔓：野生的蔓草。青蛇：青色的蛇。句言野蔓像青蛇爬行般蜿蜒曲折。

〔二〕萱葵：萱，又名忘憂草，俗稱黄花菜和金針菜。葵，即向日葵。亂：混淆。以假亂真。彩霞：色彩絢麗的雲霞。

〔三〕瓊華：瓊花。一種珍貴的花。葉柔而瑩澤，花色微黄而有香。

又

好風吹袖覺涼生，雨後東溪水面平。無數荷蓮看正好，卻嫌波底亂蛙鳴。

又

溝水清泠樹影圓，下樓閑步上樓眠。夜來夢裏驚風雨，元是松聲到枕邊。

王鬱　一十二首

鬱字飛伯。少日作樂府《擬古别離》有「黄鶴樓高雲不飛，鸚鵡洲寒星已曙」之句，人多傳之。其後入京師，大爲李欽叔所稱〔一〕。與之詩云：「詩句娩國風，下者猶楚辭。」贈詩者甚多。有云：「憶昔潁亭見飛伯，恍若夢中逢李白。」〔二〕又云：「紫陘仙人今淵雲，騎風御氣七尺身。」〔三〕又云：「良金元有價，白璧況無瑕。」〔四〕又云：「王郎少年詩境新，氣象慘澹含古春。筆頭仙語復鬼語，只有温李無他人。」〔五〕飛伯用是頗自貴重云。

【注】

〔一〕李欽叔：李獻能，字欽叔。

〔二〕「憶昔」二句：作者不詳。

〔三〕此爲密國公完顔璹《送王生西遊》詩首二句，見《中州集》卷五。

〔四〕「良金」二句：作者不詳。

〔五〕此爲元好問《黄金行》詩首四句，見《遺山集》卷六。

春日行〔一〕

春日飛，春野寂，紅朋碧友元胎濕〔二〕。東風着意寒食時〔三〕，遊絲粘人困無力。小鈴犢車讌堤沙〔四〕，鳳簫驚落瓊英花〔五〕。荒墳頹頹啼夕鴉〔六〕，草荒月黑鬼思家。

【注】

〔一〕詩題：古樂府詩題，寫春日情景。

〔二〕紅朋碧友：指红花绿草。泛指花木。元胎濕：指春來時大地變得濕潤。元，開始。胎，根源。《白虎通》：「地者，元氣之所生，萬物之祖也。」

〔三〕着意：有意。宋辛棄疾《卜算子》詞：「著意尋春不肯香，香在無尋處。」寒食：節日名。在清明前一日或二日。相傳爲紀念春秋時晉文公的功臣介之推而設。南朝梁宗懔《荆楚歲時記》：「去冬節一百五日，即有疾風甚雨，謂之寒食。禁火三日，造餳大麥粥。」唐韓翃《寒食》：「春城無處不飛花，寒食東風御柳斜。」

〔四〕小鈴犢車：指牛脖子上掛着小鈴鐺的牛車。漢諸侯貧者乘之，後轉爲貴者乘用。《宋書·禮志五》：「犢車，輧車之流也。漢諸侯貧者乃乘之，其後轉見貴。孫權云『車中八牛』，即犢車也。」讌：讌遊，宴飲游樂。堤沙：沙堤。

〔五〕鳳簫：即排簫。比竹爲之，參差如鳳翼，故名。亦指簫聲。瓊英花：似玉的花。此指柳絮。

〔六〕頹頹：狀崩壞、倒塌狀。

寄遠吟〔一〕

一封征人書〔二〕，秋帆瀟湘岸〔三〕。當君高樓醉，憶妾空閨歎。

【注】

〔一〕寄遠吟：樂府詩。宋郭茂倩《樂府詩集》有唐王建、張籍《寄遠曲》，言室人寄夫之情。吟，古代詩歌體裁的一種。唐元稹《樂府古題序》：「《詩》訖于周，《離騷》訖于楚。是後，詩之流爲二十四名：賦、頌、銘、贊、文、誄、箴、詩、行、詠、吟、題、怨、歎、章、篇、操、引、謡、謳、歌、曲、詞、調，皆詩人六義之餘。」

〔二〕征人：遠行的人。

〔三〕瀟湘：湘江與瀟水的並稱。多借指今湖南地區。杜甫《去蜀》：「如何關塞阻，轉作瀟湘遊？」

陽關曲〔一〕

城東車馬已促裝〔二〕，城西江水青茫茫〔三〕。緑楊陌上一杯酒，離愁慘淡春無光〔四〕。秦樓花映晴煙直〔五〕，誰家少婦當門立。金鞭入手紫燕嘶〔六〕，回首飛雲晚山碧。

【注】

〔一〕陽關曲：古曲名。因唐王維《送元二使安西》詩「西出陽關無故人」句而得名。後入樂府，以爲送別之曲。

〔二〕促裝：謂急忙整理行裝。

〔三〕茫茫：廣大而遼闊。

〔四〕「緑柳」二句：言爲行者餞行，折柳贈別之際，二人心情凄惻，以我觀物，故春景亦慘澹無光。

〔五〕秦樓：秦穆公爲其女弄玉所建之樓。亦名鳳樓。後代指女子所居住的閨樓。

〔六〕紫燕：古代駿馬名。《西京雜記》卷二：「文帝自代還，有良馬九匹，皆天下之駿馬也……一名紫燕騮。」後泛指駿馬。

傷別曲

蘭皋飛暗塵〔一〕，征車紆去轍〔二〕。長安雖咫尺，回首繁華歇〔三〕。故人亭下酒，蛾眉眼中血〔四〕。平生慷慨腸，忽作柔條結①〔五〕。傳聞紫塞傍〔六〕，秋烽下危堞〔七〕。班超未投筆〔八〕，來瑱空嚼鐵〔九〕。誰能金閨中〔一〇〕，坐眷娟娟月〔一一〕。

【校】

① 絛：李本、毛本作「絲」。

【注】

〔一〕蘭皋：長蘭草的涯岸。《楚辭·離騷》：「步余馬於蘭皋兮，馳椒丘且焉止息。」朱熹集注：「澤曲曰皋，其中有蘭，故曰蘭皋。」

〔二〕征車：遠行人乘的車。二句言去路征塵飛揚，遮空蔽日，蘭皋氣昏色暗，自己的征車徐緩徘徊不前。

〔三〕「長安」二句：謂離開長安雖僅咫尺，回首京都，繁華頓歇。極言傷心人之悲淒無緒。

〔四〕「故人」二句：言老友在城外長亭置酒餞别，戀人亦淚雨滂沱，兩眼紅腫。

〔五〕「平生」二句：用晉劉琨《重贈盧諶》「何意百煉鋼，化爲繞指柔」詩意，言其以剛爲柔，亦「男兒有淚不輕彈，只因未到傷心處」之意。

〔六〕紫塞：北方邊塞。晉崔豹《古今注·都邑》：「秦築長城，土色皆紫，漢塞亦然，故稱紫塞焉。」

〔七〕危堞：高城。亦指危城。二句言聽説北方敵人入侵，邊城告急。

〔八〕班超：字仲升，扶風平陵（今陝西省咸陽市）人，東漢著名的軍事家。少家貧，嘗爲官傭書以供養。久勞苦，投筆歎曰：「大丈夫無它志略，猶當效傅介子、張騫立功異域，以取封侯，安能久事筆研間乎？」後出使平定西域，戰功卓著，被封定遠侯。事見《後漢書·班超傳》。

〔九〕來瑱：唐代邠州（今陝西省彬縣）人。以忠義聞名，綽號「來嚼鐵」。安禄山反，來瑱死守潁川，箭法高超，敵兵應絃而倒。安禄山部下稱其爲「來嚼鐵」。兩京收復後，封潁國公。事見《舊唐書·來瑱傳》。上二句言國難當頭，且自己亦有投筆從戎、不甘虚度的壯志情懷。

〔一〇〕金閨：閨閣的美稱。唐王昌齡《從軍行》其一：「更吹羌笛關山月，無那金閨萬里愁。」

〔一一〕娟娟月：指秀眉如彎月的愛人。二句謂男兒志在四方，哪能眷戀家人虚度此生。

長安少年行〔一〕

新月平康金步蓮〔二〕，青雲戚里玉連錢〔三〕。誰家年少秋風裏，梁甫吟成抱劒眠〔四〕。

【注】

〔一〕長安少年行：樂府詩題。宋郭茂倩《樂府詩集》卷六六鮑照《結客少年場行》解題引《樂府廣題》：「漢長安少年殺吏，受財報仇，相與探丸爲彈，探得赤丸斫武吏，探得黑丸殺文吏。尹賞爲長安令，盡捕之。長安中爲之歌曰：『何處求子死，桓東少年場。生時諒不謹，枯骨復何葬。』」《長安少年行》古辭已不存，但其命意當與上述記載有關。《樂府詩集》收録梁何遜等仿作十三首，内容均爲詠都市少年的英武豪俠事蹟。

〔二〕平康：唐長安丹鳳街有平康坊，爲妓女聚居之地。亦稱平康里。唐孫棨《北里志·海論三曲中事》：「平康入北門，東迴三曲，即諸妓所居。」五代王仁裕《開元天寶遺事》載：長安有平康坊，妓女所居之地。京都俠少年萃集于此……時人謂此坊爲風流藪澤。金步蓮，即步金蓮。《南史·齊紀下·廢帝東昏侯》：「鑿金爲蓮華以帖地，令潘妃行其上，曰：『此步步生蓮華也。』」後因以稱美人步態之美。

〔三〕青雲：喻高官顯爵。《史記·范睢傳》：「不意君能自致于青雲之上。」戚里：帝王外戚聚居的地方。《史記·萬石張叔列傳》：「于是高祖召其姊爲美人，以奮爲中涓，受書謁，徙其家長安中戚里。」司馬貞索隱引顏師古曰：「於上有姻戚者皆居之，故名其里爲戚里。」玉連錢：按元周伯琦《詐馬行》「華鞍鏤玉連錢驄，彩翬簇轡朱英重」，「玉」指玉飾的馬鞍，連錢指名貴之馬的裝飾。唐開元、天寶間，世人最講究馬的裝飾，常把馬的鬣毛剪成花瓣形，三瓣者謂三花馬，五瓣者謂五花馬。因花瓣環環相連，又稱連連錢。如唐岑參《走馬川行奉送封大夫出師西征》：「馬毛帶雪汗氣蒸，五花連錢旋作冰。」

〔四〕梁甫吟：樂府詩題名。梁甫，即梁父，山名，在泰山下。《梁甫吟》，蓋言人死葬此山，亦爲葬歌。《三國志·蜀志》載諸葛亮高卧隆中，好爲《梁甫吟》。句用此典寫長安少年的雄懷壯志。

楚妃怨〔一〕

涼風遶樹秋，長河絡天碧〔二〕。深宫悄無人，月暗莎雞泣〔三〕。

【注】

〔一〕楚妃怨：樂府詩題。宋郭茂倩《樂府詩集》「相和歌辭」中收唐張籍《楚妃怨》。

〔二〕「長河」句：謂天河在碧空中連綿不絕。

〔三〕莎雞：昆蟲名。俗稱紡織娘、絡絲娘。

古別離〔一〕

山腰露蕙含天淚，江林楓葉秋容醉。大君八月雁門行〔二〕，碎霜冷印白龍轡〔三〕。憶君挑妾初鳴琴〔四〕，琴中已有白頭吟〔五〕。朝朝暮暮當時事，言之祇足傷人心。君不見湘妃二女哭舜時，煙筠青玉紅珠滋〔六〕。蒼梧人去百想絶〔七〕，忍教今日生離別〔八〕。生離別，情偏重，不及雙飛南浦雲〔九〕，落紅寂寂春閨夢〔一〇〕。

【注】

〔一〕古別離：樂府雜曲歌辭名。宋郭茂倩《樂府詩集·雜曲歌辭十一·古別離》題解：「《楚辭》曰：『悲莫悲兮生別離。』《古詩》曰：『行行重行行，與君生別離。』……故後人擬之爲《古別離》。」

〔二〕雁門：古郡名。戰國趙地。秦置郡。今山西北部皆其地。

〔三〕龍轡：神仙乘坐的龍駕的車。代其夫君之車。

〔四〕「憶君」句：用司馬相如琴挑卓文君典故。《史記·司馬相如列傳》：「是時卓王孫有女文君新寡，好音，故相如繆與令相重，而以琴心挑之。」挑：挑逗、挑引。挑動對方的愛慕之情，并表達自己的愛意。

〔五〕白頭吟：樂府楚調曲名。《西京雜記》卷三載：司馬相如將聘茂陵人女爲妾，卓文君作《白頭吟》以自絶，相如乃止。

〔六〕「君不見」二句：用娥皇女英典故。晉張華《博物志》卷八：「堯之二女，舜之二妃，曰湘夫人。帝崩，二妃啼，以涕揮竹，竹盡斑。」湘妃：舜二妃娥皇、女英。

〔七〕蒼梧：指舜死之地。《史記·五帝本紀》：「舜南巡崩於蒼梧之野，葬於江南九嶷。」

〔八〕「忍教」句：謂生離比死別更甚。杜甫《夢李白二首》：「死別已吞聲，生別常惻惻。」

〔九〕南浦：南面的水邊。後常用稱送別之地。《楚辭·九歌·河伯》：「子交手兮東行，送美人兮南浦。」

〔一〇〕寂寂：寂靜無聲貌。

秋夜長〔一〕

秋風嫋嫋吹庭樹〔二〕，傷心一葉隨風去。葉隨風去何所之，似我年年困羈旅〔三〕。神蟉紆屈泥中蟠〔四〕，青雲未到誰汝憐〔五〕。愁來不寐起視夜，斗柄斜指西南天〔六〕。

【注】

〔一〕秋夜長：樂府詩題。宋郭茂倩《樂府詩集》解題云：「魏文帝詩曰：『漫漫秋夜長，烈烈北風涼。展轉不能寐，披衣起彷徨。……鬱鬱多悲思，緜緜思故鄉。』《秋夜長》其取諸此。」

〔二〕秋風嫋嫋：秋風吹拂貌。《楚辭·九歌·湘夫人》：「嫋嫋兮秋風，洞庭波兮木葉下。」

〔三〕羈旅：寄居異鄉。《左傳·莊公二十二年》：「齊侯使敬仲爲卿，辭曰：『羈旅之臣……敢辱高位？』」杜預注：「羈，寄；旅，客也。」

〔四〕神蟉：一種潛伏的神龍。蟠：屈曲，盤伏。

〔五〕青雲：喻得時展志。二句本《易·乾》：「初九，潛龍勿用。」「九五，飛龍在天。」謂自己現在如盤曲泥水之龍，雖有飛天布雨之能，可又有誰同情憐惜呢？

〔六〕斗柄：北斗之柄。指北斗的第五至第七星，即玉衡、開陽、摇光。北斗，第一至第四星象斗，第五至第七星象柄。

折楊柳〔一〕

長安二月多緑楊，遠信未到龍庭旁〔二〕。佳人中夜抱影坐，風窗泠泠愁思長〔三〕。青天無雲一鏡潔〔四〕，萬户千門音響絶。何人横笛在高樓，玉龍叫徹春江月〔五〕。

【注】

〔一〕折楊柳：古横吹曲名。傳説漢張騫從西域傳入《德摩訶兜勒曲》，李延年因之作新聲二十八解，以爲武樂。魏晉時古辭亡失。晉太康末，京洛有《折楊柳》歌，辭多言兵事勞苦。南朝梁、陳和唐人多爲傷春惜别之辭，而懷念征人之作尤多。曲爲五言，唯唐有七言者。見晉崔豹《古今注·音樂》，宋郭茂倩《樂府詩集·横吹曲辭二·折楊柳》。

〔二〕遠信：遠方的書信、消息。龍庭：匈奴單于祭天地鬼神之所。《後漢書·竇憲傳》：「蹋冒頓之區落，焚老上之龍庭。」李賢注：「匈奴五月大會龍庭，祭其先、天地、鬼神。」其地在今蒙古人民共和國鄂爾渾河西側的和碩柴達木湖附近。後借指匈奴和其他邊塞少數民族國家。此泛指塞北。

〔三〕泠泠：清涼貌，泠清貌。《文選·宋玉·風賦》：「清清泠泠，愈病析酲。」李善注：「清清泠泠，清涼之貌也。」

〔四〕鏡：喻圓月。

〔五〕玉龍：笛名，後用來喻笛。宋姜夔《緑萼梅》：「斷腸誰把玉龍吹。」叫徹：終夜吹奏。春江月：曲名，即《春江花月夜》。樂府吴聲歌曲名。南朝陳後主（陳叔寶）作。原詞已佚。今存曲詞，爲隋煬帝楊廣及唐張若虚、温庭筠、張子容等擬題之作，并收于《樂府詩集》。張若虚《春江花月夜》：「何處春江無月明。」

遊子吟〔一〕

短日空裴回〔二〕，流雲自來去〔三〕。茫茫曉野客衣單，白露無聲落秋樹。

【注】

〔一〕遊子吟：樂府詩題。宋郭茂倩《樂府詩集》解題云：「漢蘇武詩曰：『幸有絃歌曲，可以喻中懷。請爲遊子吟，泠泠一何悲。』又有《遊子移》亦類此也。」

〔二〕裴回：徘徊。

〔三〕流雲：空中流動的雲。

陽翟贈李司户國瑞〔一〕

洛陽賞盡牡丹春〔二〕，寂寞鈞臺對夕曛〔三〕。手折幽蘭贈行子〔四〕，多情惟有李參軍〔五〕。

【注】

〔一〕陽翟：金縣名，屬南京路鈞州，今河南省禹州市。司户：官名。即州司户參軍，兼司倉之職。李國瑞：《金史·食貨志五》：「興定五年五月，南陽令李國瑞創開水田四百餘頃，詔陞職二等。」

〔二〕洛陽牡丹：自唐代以來，牡丹之盛，莫過於洛陽，有「洛陽牡丹甲天下」的美名。宋歐陽修《洛陽牡丹圖》：「洛陽地脈花最宜，牡丹尤爲天下奇。」劉祁《歸潛志》卷三小傳載王鬱正大五年遊汴京，「明年，以兩科舉進士不中，西遊洛陽，放懷詩酒，盡山水之歡」。

〔三〕鈞臺：古臺名。亦名夏臺。陽翟古代遺跡，在今河南省禹州市南。《左傳·昭公四年》：「夏啟有鈞臺之享，商湯有景亳之命。」杜預注：「河南陽翟縣南有鈞臺陂，蓋啟享諸侯于此。」夕曛：落日的餘輝。《歸潛志》謂王鬱「少居鈞臺，閉門讀書，不接人事數載」，味詩意，此當遊洛陽後復回鈞臺時事。

〔四〕行子：出行的人。此爲詩人自指。

〔五〕李參軍：李國瑞任司户參軍，故稱。

飲密國公諸子家〔一〕

宣平坊裏榆林巷〔二〕，便是臨淄公子家〔三〕。寂寞畫堂豪貴少，時容詞客醉琵琶。

【注】

〔一〕詩題：劉祁《歸潛志》卷三王鬱小傳載：「正大五年，先生年二十五矣，來游京師。……樗軒（完顏璹之號）、閑閑（趙秉文之號）朝廷二大老，皆致禮于先生，交館之。……先生受知最深者曰樗軒公完顔璹、閑閑公趙秉文。」密國公：完顔璹（一一七二——一二三二），本名壽孫，世宗賜今名，號樗軒居士，封密國公。資質簡重，博學有俊才，善真草書。畫墨竹自成規格。有《如菴小稿》。《金史》卷八五有傳，《中州集》卷五、《歸潛志》卷一有小傳。

〔二〕宣平坊：長安宣平坊，爲王公顯貴集聚之處。榆林巷：汴京巷名，見宋孟元老《東京夢華録》卷二「潘樓東街巷」條。

〔三〕臨淄公子：以曹植喻完顔璹。《三國志·魏書·陳思王植傳》：「建安十六年，封平原侯。十九年，徙封臨淄侯。」後世遂以「臨淄侯」稱曹植。北周庾信《上益州上柱國趙王二首》其一：「無因同子淑，暫得侍臨淄。」